都会（まち）のトム&ソーヤ 5 上

IN 塀戸（VADE）

はやみねかおる

講談社

都会（まち）のトム＆ソーヤ⑤
《ＩＮ（イン）塀戸（VADE）》上巻

はやみねかおる

YA! ENTERTAINMENT

ゲームをはじめますか？

新規　続きから

講談社　YA！ ENTERTAINMENT
『都会のトム＆ソーヤ①』と
『都会のトム＆ソーヤ②　乱！　RUN！　ラン！』と
『都会のトム＆ソーヤ③　いつになったら作戦終了？』と
『都会のトム＆ソーヤ④　四重奏』のデータをいれてください。

ゲームをはじめますか？

新規　続きから

『都会(まち)のトム＆ソーヤ⑤　IN塀戸(インヴェイド)』のデータを読みこみます。

上巻 目次

これまでのあらすじ …… 6
ちょっと長いOPENING …… 11
第一部 ゲームがはじまるまで …… 35
01 …… 36
02 …… 50
03 …… 64
04 …… 91
05 …… 112
おまけの01 卓也、怒りの鉄拳 TAKUYA, Fist of Fury …… 141

第二部　ゲーム開始 …… 165
01 …… 166
02 …… 181
03 …… 211
04 …… 226
05 …… 237
なかがき …… 268

いままでのことをわすれているきみたちへ。
これまでのあらすじ

内人（ないと）（以下「内」）「『都会（まち）のトム＆ソーヤ』も、とうとう⑤巻か……」
創也（そうや）（以下「創」）「感慨（かんがい）深いものがあるね」
①巻をとりだす内人。
内「この巻を読むと、出会ってすぐに下水道の中をつれまわされてるんだよね」
創「あのピクニックのことかい？」
内「………」
創也になにかいいたげな内人。創也は、そしらぬ顔。
②巻をとりだす内人。
内「この巻では、夜のデパートに無断潜入（せんにゅう）させられてるよね」
創「あの鬼（おに）ごっこは、楽しかったね」

ふたりのうしろに、節分の鬼スタイルの卓也さん。
内「栗井栄太ご一行さまと敵対関係になったのは、だれのせいだ？」
創「主義主張のちがいは、なかなか埋めがたいね」
内「…………」
肩をすくめる創也に、内人の怒りが増していく。
③巻をとりだす内人。
内「この巻では、『頭脳集団』とも仲が悪くなるんだけど――」
創「それより、小さなカップルを守ったことを評価してほしいね」
内人のことばを無視し、ボウリングをする創也。
ふたりのうしろに、「わたしが主役の話ものってます」というプラカードを持った卓也さん。
④巻をとりだす内人。
内「④巻は、特別描きおろしコミックが大好評だったね」

創「読者のほとんどは、本編をおぼえてないと思うよ」
内「思いだした。おまえにマラソン大会をエスケープさせられたんだ！」
創「そのまえに、妖精(フェアリー)の件にはふれないのかい？」
内「………」
　だまって本をおく内人。その背後では、保育士拳(けん)を練習する卓也さん。
　内人、咳(せき)ばらいを一つして、
内「以上をまとめると、この物語は、猪突猛進(ちょとつもうしん)の創也を、ぼくが助けていく話だということがわかるね」
　ドラえもんの着ぐるみ内人。
創「いいかえると、ぼくがゲームクリエイターになるための、愛と感動の物語だということだね」
　美化百二十パーセントの創也。いつのまにか、ワインレッドの眼鏡が、黒ぶち円眼鏡にかわっている。
内「どういいかえたら、そんなストーリーになるんだよ！」
創「ささいなことだ。気にしないでくれたまえ」

にらみあう内人と創也をおしのけ、主張する卓也さん。

卓也「わたしが保育士になるために、数々の試練をのりこえる物語です」

その背後に、栗井栄太ご一行さまや、堀越美晴、真田女史、脳内アシスタントのナオコさん、堀越ディレクターと二十六人のゆかいな部下たち（つまりは脇役キャラたち）が、はげしく自己主張。

ああ、オチがない……。

・というわけで、絵心のあるかたは、この「あらすじ」を、にし先生のタッチでマンガ化してください。応募先は左記。ご応募いただきました個人情報はこの目的のために利用し、作業終了後は当社が責任をもってすみやかに廃棄します。

〒112—8001　東京都文京区音羽二—一二—二一
講談社児童局児童図書第一出版部「あらすじマンガ募集」係

主な登場人物

内藤内人 Naito Naitô◎塾通いに追われるふつうの中学生。

竜王創也 Sôya Ryûô◎内人の成績優秀な同級生。竜王グループの後継者。

堀越美晴 Miharu Horikoshi◎内人と創也のクラスメイト。

二階堂卓也 Takuya Nikaidô◎竜王グループの社員。転職情報誌を読むのが趣味。

栗井栄太 Eita Kurii◎伝説のゲームクリエイター。

ちょっと長いOPENING（オープニング）

ダギン！

銃声を耳にした瞬間、ぼくの体は反応していた。

考えてるひまはない。

つぎからつぎへと銃声がひびくなか、姿勢を低くし、木の床を這うようにして移動。カウンターをとびこえて、かくれる。

頭に手をやる。テンガロンハットに、人さし指がスッポリ入る穴があいている。

「………」

まったく状況がのみこめない。

そのとき、

「やあ、おそかったね」

創也だ。ぼくと同じようなテンガロンハットをかぶった創也が、ぼくを見てほほえんだ。

「創也！　説明しろ！　なんで、ぼくらは銃でねらわれてるんだ？」

すると創也が首をひねった。

「なんだか発音がおかしいね。ぼくの名前はソウヤではない。ソーヤ――ソーヤ・キャシディだ」

「…………」

沈黙を銃声がやぶる。

棚にならべられてるボトルが、射的ゲームみたいにつぎつぎと割れていく。

ぼくは、ガラスの破片から頭を守りながらきいた。

「ひょっとして、ぼくの名前は内人じゃないの？」

「この状況でジョークをとばせるとは、さすがトム・キッドだ」

……どうやらぼくの名前は、トム・キッドというらしい。

足もとを見ると、ごついブーツ。腰にはガンベルトと拳銃。

ぼくは、拳銃をぬくとソーヤに見せた。

「……なんだ、これは？」

「コルト・シングルアクション・アーミー。装弾数は六発で、四十五口径。西部開拓時代に多くのガンマンが使用していた銃だよ」

そういうことをきいたんじゃないんだけど、知りたいことはわかった。

つまり、ぼくは西部開拓時代にいるってわけだ。それなら、このファッションや銃も納得できる。

　はははははは……。

　これは夢だ。悪い夢をみてるんだ。

「夢なら、なにか便利な秘密道具をだしてくれないかな」

　ソーヤが、のほほんとした声でいった。

　こいつをなぐるのは、あとまわしだ。とにかくいまは、この状況をなんとかしないと……。

　頭の上を、何発も銃弾が飛んでいる。しかし夢だとしても、なんでこんなヤバイ状況になってるんだろう？

「それはかんたんに説明できる」

　ソーヤが得意げにいう。

「まず、歌姫のミハル嬢が、悪玉〝クリエイター一家〟にさらわれた。それで、ぼくらが助けにでてきたってわけだよ」

　また、はげしい銃声がつづく。

「いくつか質問がある」

　ふってくる木の破片やガラスから頭をかばいながらきく。

「どうして、助けにきたぼくらが、こんなめにあってるんだ？」

「クリエイター一家がいるサルーンの前で、ぼくが提案したんだ。正々堂々と、正面からのりこもうって」

「……ぼくは反対しなかったかい？」

「反対したよ。でも、『敵の意表をつくのは兵法の基本』っていって、ぼくが中へ入ったら、きみもおどろいてついてきたよ」

そうか……。そこから、冒頭のシーンになるわけか……。

「一つ、いわせてもらおう」

ぼくは、めいっぱい息を吸って、連続する銃声に負けない大声でいった。

「ソーヤの大バカ野郎！」

「敵の意表をつくのは、たいせつだと思わないかい？」

「敵よりさきに味方の意表をついて、どうするんだよ！」

「『敵の意表をつくには、まず味方から』ということばがあるじゃないか」

「それは、『敵をあざむくには、まず味方から』だ！」

しばらく、ことばの意味を考えるソーヤ。そして、「ああ……」というように、ポンと手をたたいた。

「似てるから、まちがえたんだ」

そのことばを、いくつもの銃声がかき消す。

ああ、やっぱりこのバカと行動をともにするんじゃなかった……。

「正々堂々とのりこんだってことは、なにか作戦があるんだろ？」

その問いに、ソーヤは笑顔とともに肩をすくめた。まったくなにも考えてない天真爛漫の笑顔だ。

ぼくは、頭をかかえていう。

「もっと、あとさきを考えろよな！」

鳴りひびく銃声のなか、ぼくの声は聞こえただろうか？

「まったく、いっつもおまえのせいで、こんなめにあうんだ！」

しかし、愚痴をいっていてもしかたない。死んだら、愚痴もいえないんだ。命があるうちに、なんとかしなければ……。

ぼくは、手の中の銃を見る。

ずっしりとした重み。引き金をひけば、すごい威力のある武器。

でも……。

ぼくは、おばあちゃんから教えられたことを思いだす。

「人間、なれない武器を持つもんじゃない。それは、諸刃の剣。相手だけじゃなく、自分も滅ぼす」

……おばあちゃんのいうとおりだろうな。

ぼくは、銃をカウンターごしにほうりだした。

「わー！　なに考えてるんだ！」

ソーヤがさけぶけど、おまえにだけはいわれたくない、い、い、いい！

「いいんだよ、これで」

ぼくは、カウンターの中におかれている小麦粉の大袋をゆびさした。一つ、二つ……ぜんぶで四つの袋が積まれている。

「ぼくらには、これがあるから」

するとソーヤは、大きくうなずいた。

「なるほど。その小麦粉をまき散らし、煙幕がわりにして脱出しようという考えだね」

……すこしちがうんだけど、そんなふうに平和的におわったらベストだ。

ぼくらは四つの袋を手分けして持つ。

そして、銃声の合間をみて、袋を宙にほうった。

クリエイター一家のガンマンは、なれている。動くもの、音のするものを、反射的に撃ってしまう。

何発もの拳銃の弾が、袋をおそった。

ぼふっ、ばふっ！

小麦粉の袋が裂け、雪のように小麦粉が舞う。空中にただよう小麦粉が、霧のように視界をうばう。

「いまだ！」

ぼくとソーヤはカウンターからとびだすと、サルーンの出口をめざす。

もうすこしでスイングドアというところで、

「動くな！」

耳もとで、撃鉄を起こす音がした。

この声は、クリエイター一家の首領——ジン・グージだ。

ぼくとソーヤは、ゆっくり両手をあげた。

「まったく往生ぎわの悪いやつらだ。おかげで、一張羅が小麦粉だらけになっちまった」

彼のことばどおり、仕立てのいいブレザーが、まっ白になっている。

ぼくはきく。

「ミハル嬢は、どうした？」

「安心しな。おまえたちをおびきだせた以上、もう用はない」

クリエイター一家の者が、後ろ手にしばられたミハル嬢をつれてきた。

「ソーヤ！　トム！」

彼女が、ぼくらを見てさけぶ。ぼくは小声でソーヤにいう。

「彼女、おまえの名前をさきによんだな」

「この状況で、よくそんなこまかいことにこだわれるね……」

ソーヤがあきれたようにいうけど、こまかいこととは思えない。

かべぎわにつれていかれる、ぼくら三人。

白っぽい視界のなか、いくつもの銃口がぼくらをねらってるのがわかった。

「さあ、年貢の納めどきだ」

ジン・グージがニヤリと笑う。

——アメリカにも、年貢ってあるんだろうか……？

いや、そんなことを考えてる場合じゃない。

ぼくは、小声でソーヤとミハル嬢にささやく。

「あと数秒で、グラスの割れる音がする。そうしたら、耳をおさえて伏せるんだ」

ぼくは、カウンターをでるまえに、しかけをしてきた。栓をあけたボトルを棚にたおしておき、その下にグラスをセット。そのグラスは、カウンターのふち、ぎりぎりにおいてある。ボトルからこぼれたウィスキーは、だんだんグラスにたまっていき、ある量をこえれば、グラスはカウンターから落ちて割れるだろう。

その音を聞いたとき、クリエイター一家の連中はいっせいに音のほうを撃つ。

「おとなしく〝ぎゃふん〟といってもらおうか」

ジン・グージがいった瞬間、ガチャン！　――グラスの割れる音がした。

ぼくの予想どおり、銃口がいっせいに音のほうをむく。

「伏せろ！」

ぼくはさけんだ。

銃声がした瞬間、その数十倍大きな爆発音がした。

くずれるサルーン。ふってくる木材が、ぼくらにのしかかる。

「……ソーヤ、ミハル嬢、生きてるか？」

木材をはねのけながら、ぼくは立ちあがった。

すぐそばで、

「わたしはだいじょうぶ」

ミハル嬢の返事。ぼくはたおれているミハル嬢をだきおこす。

よかった。彼女さえ生きていたら、とりあえず問題ない。

すると、瓦礫の下から手がのびて、ぼくの胸ぐらをつかんだ。

こういう無礼なまねをするのはソーヤにきまっている。

「どうして粉塵爆発を使うっていわなかったんだ？」

きいてくるソーヤの目が、怒りで燃えている。これだけ元気があるのなら、心配ない。

ぼくは首をかしげる。

「なんだい、フンジンバクハツって？」

「いまみたいに、気体中にある一定の濃度の粉塵が浮遊してると、火花などが引火して大爆発をおこすんだ。それを粉塵爆発っていうんだけど……知らずに使ったのか？」

ぼくは、うなずく。

ソーヤが、肩をすくめた。

「まあ、助かったんだからいいか」

そのとおり。めずらしく、ソーヤのことばにすなおにうなずく気になった。

ぼくらが帰ろうとすると、ガラリという音がした。

瓦礫の下から拳銃を持ったうでがのびている。そして、その拳銃はしっかりとソーヤにねらいを定めている。

なんだ、ねらわれてるのはソーヤかと思っていたら、

「あぶない！」

ミハル嬢が、ソーヤをかばうように拳銃の前に体を投げだした。

「わー！　もっとあぶない！」

さけびながら、ぼくも動いていた。

ダガン！

銃声がひびくと同時に、胸に焼き印をおされたような衝撃。

ああ、撃たれたんだと感じたのは、地面にほおを打ちつけたときだった。

「ひと足さきに、地獄で待ってるぜ……」

瓦礫の下からジン・グージの声がした。その手から、まだ硝煙がたなびいている拳銃が落ちる。

「トム、だいじょうぶか！」

ソーヤがぼくをだきおこすが、おまえよりミハル嬢にだきおこしてほしい。そういおうとしたんだけど、悲しいことにことばがでない。

「ぼくを助けるために、こんなことになるなんて……」

ソーヤの目からなみだがこぼれるが、はっきりいってまちがってる。ぼくが助けようとしたのは、おまえじゃない。ミハル嬢だ！

ミハル嬢を見ようとしたんだけど、目があかない。まぶたをあげるのに、こんなに力がいるなんて思わなかった。

「起きろ！　起きるんだ、トム！」

ペチペチペチと、ほおをたたかれる。

容赦なくたたいてるためか、かなり痛い。気のせいか、弾があたったところより痛い気がする。それに、これが死んでいこうとする者への態度だろうか。

まったく、最後までこまったやつだ……。

「――起きたまえ」

目をあけると、ソーヤの顔のアップ。

あれ、ここ、どこ？

なんだか、ほおがヒリヒリする。

「ひどいなあ、ソーヤ・キャシディ……」

ぼくは、ほおをおさえていった。

肩をすくめるソーヤ。つづいて、感情のこもってない声がぼくをおそう。

「目がさめたなら、教えてほしいものだね。いったいどんな夢をみていたのかを」

ぼくは、あたりを見まわす。

せまい部屋には、雑多なものがひしめいている。

机の上に、数台のコンピュータ。いくつかのモニターでは、スクリーンセーバーがおどっている。

かべぎわに積まれた雑誌と古新聞の山。そして、古本。みょうに整理されてる戸棚には、紅茶の缶がきちんとしまわれている。

——うん、ここは、ぼくたちの砦だ。

ようやく頭がはっきりしてきた。

「まず、きこう。ぼくはだれだ?」

「創也。——竜王創也」

「正解だ」

創也は、カセットコンロにヤカンをのせると火をつけた。

「自分の名前は、わかってるだろうね?」

「ああ。内藤内人——どこにでもいる、ふつうの中学二年生だよ」

「……ちょっとひっかかるけど、まあいい」

〝ふつうの〟というところで、創也がまゆをひそめた。

「ちなみに、ぼくのことはどう思ってるのかな?」

「竜王家の跡継ぎ。わが校はじまって以来の天才といわれてるが、その実体は猪突猛進の大バカ野郎」

「——紅茶を飲みたいのなら、自分でいれたまえ」

創也は冷たくいいはなつと、自分のティーカップを持っていすにすわった。

「では、どんな夢をみていたのか話してもらおうかな」

口調はやさしいんだけど、目の前にカツ丼があったら、警察の取調室にいるのとかわらない。

さて、どうしたものか……。

夢の中身を正直にいったら、砦からたたきだされるかもしれない。なんといっても、ちょっとしたことで、ぼくに紅茶をいれてくれないほど心のせまいやつだから。

よし！　ここは創也が主役の話を、でっちあげよう。

ぼくは口を開く。

「いや、それが宇宙戦争の夢なんだけどさ、創也が大活躍するんだ——」

つづけてぼくが話したのは、口からでまかせのほら話。

数分後——。

「ふむ……」

創也の表情がやさしくなったように思う。

そりゃそうだ。いま、ぼくが語った夢の内容は、竜王創也くん主演の一大スペクタクル。

「A Long Time Ago in a Galaxy Far, Far Away ……」

ぼくは、遠い昔、はるかかなたの銀河系でくりひろげられた冒険活劇を、思いつくままに話した。

さらわれたお姫さまを助けるソーヤ・スカイウォーカー。足手まといの仲間（不本意ながら、この役はぼくがひきうけた）を助けながら、宇宙の平和を乱すダース・クリイエイターをたおすという話。

「そんなすてきな夢に、ぼくをだしてくれてありがとう」

創也がティーカップをおいた。心なしか、笑顔があたたかい。

「いくつか質問したいことがあるんだけど、いいかな？」

「どうぞ、どうぞ」

ぼくは、創也が紅茶をいれてくれるのをワクワクしながら待つ。

でも、創也は立ちあがらない。かわりに、とても冷たい声でいった。

「いまの夢の内容と、きみが寝ているときにいった『ソーヤの大バカ野郎！』『もっと、あとさきを考えろよな！』『いっつもおまえのせいで、こんなめにあうんだ！』ということばが結びつかないんだよ」

「………」

気づかなかったが、ぼくのほおを汗が流れている。

ぼくは、一つ咳ばらいしてきいた。

「そんな寝言、いった？」

「うん」

創也がうなずいた。

「おこってる？」

「うん」

また、うなずく。

「紅茶のおかわり……いれてあげようか？」

「ううん」

こんどは、首を横にふる創也。

ぼくは、鏡にかこまれたガマガエルの気持ちを理解した。

あるいは、針のむしろにすわってる気分とか……。

さて、ここまで読んで、ぼくと創也という人間を理解していただけただろうか?

多くのかたが首を横にふってる音が聞こえるので、もうすこしくわしく説明しよう。

創也がとても頭がいいことは、さっきも書いた。おまけに、見ためもいいし、家も大金持ち
——はっきりいって、女の子にもてる。

で、創也には夢がある。

それは、過去の四大ゲームをこえるゲームをつくるというものだ。

そう。あいつの脳は、夢に支配されているともいえる。夢にむかってつっ走るから、足もとの危険がわからない。

下水道を探険したときも——。

夜のデパートへ潜入(せんにゅう)したときも——。

いまでも笑い話にできないくらい危険だった。

伝説のゲームクリエイターと敵対関係になったり、謎(なぞ)の組織『頭脳集団(ブランナ)』にねらわれたり……。

あいつにすこしでも〝計画性〟とか〝他者と友好的な関係をつくる能力〟があれば、さけられた事態だ。

そして不幸なことに、ぼくと創也の足は、目に見えないロープでつながれているようだ。それも、ＮＡＳＡが開発したのか、ワイヤーカッターでも切れないロープだ。

つまり、創也という〝夏の虫〟があとさき考えずに火にとびこむと、ぼくまで焼かれることになるわけだ。

ピンチから脱出するために、知恵と技術をフル動員するのは、いつもぼくなんだ。

ああ……。

最近、ひげがよくのびるんだけど、ドラえもんみたいな三本ひげにならないかと、心配でたまらない。

いままで、創也がむちゃをしても生きてこられたのは、もちろんぼくの大活躍が大きい。

でも、仮にぼくがいなくても、だいじょうぶだったろう。なぜなら、卓也さんがいるからだ。

卓也さん——二階堂卓也。創也のボディガードというか、お目付け役。その仕事は、創也をなまあたたかく見守ることだ。自分の仕事をじゃまする者は、何人たりとも排除する。そんな彼は、転職情報誌『転職こそ天職！』を読むのが趣味になっている。（ちなみに、卓也さんの夢は、保育士になること）

あと紹介しておかないといけないのは、伝説のゲームクリエイター——栗井栄太ご一行さま。

栗井栄太は、『ルージュ・レーヴ』のつぎの第六のゲームにもっとも近い位置にいるゲームクリエイターだ。その栗井栄太と創也が、なぜ敵対関係にあるのか？　——もし、ぼくがタバコを吸うのなら、大きくけむりを吐いていうだろう。

「……いろいろあってね」

と——。

とにかく、栗井栄太ご一行さまは、ぼくらに〝ぎゃふん〟といわされたうらみを、わすれちゃいない。

ああ……。

それから、謎の組織『頭脳集団』。

頭脳集団というのは、竜王グループがつけた名前だ。ほんとうの名前は知られていない。それほど、謎に満ちた組織だ。

彼らは、今回の物語に参加してくるんだろうか？　（個人的な意見としては、ご遠慮ねがいたいが……）

依頼があれば、ペットの誕生パーティーから先進国首脳会議会場誘致計画まで、どんな企画も立案してしまうという頭脳集団。その実態は、謎に包まれている。

平凡な中学生が相手をするには、かなり危険な連中だ。頭脳集団にねらわれたら、気が休まるときはない。いつどこに組織のメンバーがいるかわからないからだ。

で、どうしてそんな危険な組織にねらわれるのか？　――もしぼくが酒を飲むのなら、グラスの氷をカランと鳴らしていうだろう。

「人生には、知らないほうが幸せなことがある」

と――。

とにかく、創也が〝頭脳集団の正式名称を知りたい！〟という欲望を捨てるまで、ぼくらは、ねらわれつづけるだろう。

ああ……。

ほかにも、ジャパンテレビの堀越ディレクターと二十六人のゆかいな部下たちや、個性豊かなクラスメイトなど、紹介しておきたい人もいるけど、ここまで！

そろそろ本編をはじめないと、創也が陰険な目でにらんでくる。

「きみさえよければ、そろそろ冒険のとびらをひらきたいんだけどね――」

キザったらしくいう創也の手の中で、二枚のチケットがヒラヒラゆれる。

「なんだい、そのチケット？」

「冒険(ぼうけん)のとびらをあけてくれるかぎだよ」

ニヤリと笑う創也。

OK、わかったよ。たとえそれが〝地獄(じごく)への片道切符(きっぷ)〟でも、しかたない。

つきあってやるか——。

Are you ready?(アーユーレディ)

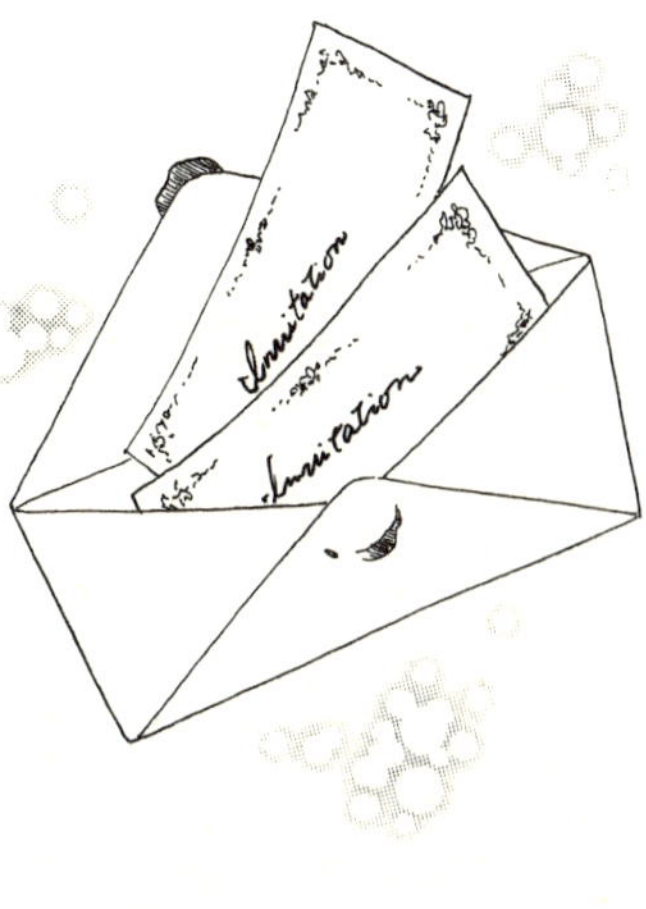

第一部

ゲームがはじまるまで

01

……平和だ。

ここは砦のソファー。ぼくは寝ころんで本を読んでいる。

塾は、お休み。

かたづけなくてはいけない宿題は、昼休みの睡眠時間をけずって、やってある。

前回の定期試験は、そこそこの成績をとった。おかげで、参考書以外の本を買っても、母さんの目はきびしくない。

おまけに、三連休がせまってきている。

——最高だ。

「創也、おいしい紅茶をいれる気にならないかい？」

「…………」

キーボードにむかってなにやらやっていた創也は、無言で立ちあがると、ヤカンにペットボトルの水をいれた。

ボシュ！　――カセットコンロに火をつけた創也は、ふぞろいのカップをならべる。

ぼくは本をとじて、体を起こした。

部屋に、ダージリンティーのいい香り（かお）がただよいはじめる。

「ご苦労」

ぼくは、紅茶のカップをおいてくれた創也にいう。

創也は、大きなため息をつく。

「ダラけてるときのきみは、ひなたぼっこしてるネコより始末におえないね」

なんとでもいってくれ。人間、緊張（きんちょう）ばかりじゃダメなんだぞ。輪ゴムだって、ひっぱったままだと、すぐに切れる。

ぼくは、紅茶の味とあたたかさを味わってから、創也にいう。

「べつにダラけててもいいじゃないか。テストもないし、塾（じゅく）も休み。神があたえてくれた平和な時間、めいっぱいダラけないと――」

ぼくのことばを聞いて、また創也がため息をつく。

ぼくはかまわずつづける。

「創也は、こんどの三連休を、どうやってすごすんだ？　ぼくは、砦で本を読んだりゲームをしてすごそうと考えてるんだけど——」

するとと創也は、あわれむような目でぼくを見た。

「平和というのは『国際関係で、戦争と戦争とのあいだの、だましあいの期間』である」

「……なにそれ？」

「アンブローズ・ビアスのことばだよ」

ビアス？　——どうして耳飾りが、そんなことばを？（「それはピアス！」という、ひとりボケつっこみ）

「……どういう意味？」

「平和なんてものは幻想で、つぎの戦争までの準備期間みたいなものなんだ。いまのきみは、数時間後にミサイルが落ちてくるのを知らずに桜の下で踊ってる、酔っぱらいを思わせるよ」

「…………」

創也の目は、モルモットを見る科学者を思わせる。

「いいものを見せてあげよう」

コンピュータの前にぼくをつれていく創也。

モニターには、インターネットの画面。さまざまな情報が書かれた掲示板が映っている。

ぼくは、いくつか書きこみを読んでみた。

『押しボタン式信号機をすぐに青色にする裏技』『使わなくなったチャイルドシートとこいのぼりを交換しませんか』『花粉症に効く民間療法』『性格の悪い友人を矯正する法』——創也がいってる〝いいもの〟というのは、この最後の書きこみのことだな。

ぼくは、性格の悪い友人を矯正するという書きこみを熟読する。

頭ごなしに悪い性格を否定してはいけない。まずは本人に悪い性格を気づかせること、か——。なるほど、勉強になる。

「どうだい?」

モニターを見ているぼくに、創也が話しかけてきた。

「いやあ、なかなか参考になるよ。でも、ぼくにこれを読めってことは、創也も自分の性格をなんとかしようと思ってるんだね」

「……なんのことだ?」

創也の声が、ドライアイスのように冷たい。

ぼくは、だまって『性格の悪い友人を矯正する法』という書きこみをゆびさす。

しばらくの沈黙のあと、

「ぼくが読めといったのは、こっちの書きこみだ」

創也が、モニターの下のほうをビシッとゆびさした。

そこには、『新情報』という素っ気ない題名の書きこみ。

『いよいよ完成！　くわしくは、ニラメッコのファイル４３７８を見てね。なんかすいてたら落とせるよ。答えは先生が知ってるからね』

——なんだ、この書きこみ？

書いたのは『栗』というハンドルネーム。心あたりがない。

創也が、ぼくにいう。

「これと同じ書きこみが、百をこえるさまざまな掲示板に書きこまれている」

「ふーん……」

べつに興味ない。こんなわけのわからない書きこみより、『性格の悪い友人を矯正する法』のほうが、たいせつだと思うんだけどな……。

するど創也は、こまったもんだというように肩をすくめた。

「これは栗井栄太の書きこみだよ」

えっ？

ぼくは、話の展開の速さに、ついていけない。

「ちょっと待てよ、創也。『栗(くり)』っていうハンドルネームから、栗井栄太の書きこみだと判断するのは早すぎないか？」

「ぼくのいってることにまちがいないよ。ちゃんとファイルをたしかめたからね」

ファイル？　そういや、書きこみには『ニラメッコのファイル４３７８』って書いてあるけど……。

「なんなの、この『ニラメッコのファイル４３７８』って？」

また肩(かた)をすくめる創也。

「アップローダーってわかるかい？」

「ファイルをアップするページだろ。それぐらいは知ってるよ」

うなずく創也。

「『ニラメッコ』というのは、そのアップローダーの一つだよ」

「なるほど。つまり、『ニラメッコのファイル４３７８』っていうのは、ニラメッコというアップローダーにアップされた、ナンバー４３７８のファイルということだね」

うなずく創也。

「では、そのアップローダーにいって、ファイルをダウンしてみたまえ」

ぼくは、いわれるまま、マウスとキーボードを操作する。

まず、検索サイトにいって、「ニラメッコ　アップローダー」と入力。検索結果のいちばん最初に、ニラメッコのアドレスがでる。

そこをクリックして、ニラメッコにアクセス。

目や鼻のパーツが飛びかう福笑いのアニメーションがあらわれる。「ニラメッコしましょ、あっぷっぷ！」の音声が流れて、ぼくは理解した。ファイルのアップと、ニラメッコの〝あっぷっぷ〟をひっかけてるんだろう。疲れるセンスだ……。

ぼくは、アップされてるなかから、４３７８番のファイルを見つけた。

「かんたんなもんだね」

ちょっとばかり、ふんぞりかえっていった。

創也は、そっぽをむいている。ぼくの操作力をみとめたくないんだろう。

さて、ダウンロードしよう。

ぼくは、４３７８番のダウンロードキーをおした。

「あれ？」

画面に、『パスワードを入力してください』というメッセージがあらわれた。

「ダウンできないよ、創也」

創也は、なにもいわない。ぼくを見てニヤニヤしている。

ぼくは、もう一度書きこみを読む。

『なんかすいてたら落とせるよ』

「そうか。いま、アクセスする人が多いから、落とせないんだ」

ぼくがいうと、創也は首を横にふった。

そして、横から手をのばし、キーを打つ。

「ＵＹＴＲＥＷＱ——これがパスワードだよ」

「……なんでそうなるんだ？」

「答えは、ちゃんと書いてある。キーボードをよく見てみたまえ」

創也にいわれるまま、ぼくはキーボードを見た。ＵＹＴＲＥＷＱのキーが、横一列にならんでるのまではわかった。……でも、それがどうしてパスワードになるのか、わからない。

「人間、観察力はたいせつだよ」

創也が、キーを一つ一つゆびさしながら解説してくれる。

「『U』のキーには、平仮名の『な』の文字も書いてあるだろ。そうやって、UYTREWQのキーに書いてある平仮名を読んでみたまえ」

……な・ん・か・す・い・て・た。

「…………」

とても空気が重い。

「感想をいってもいいかな」

ぼくは、創也を冷たい目で見る。

「ものすごくだらないパスワードだね」

「いかにも栗井栄太らしいじゃないか」

ニヤリと笑う創也。

創也と栗井栄太のセンスは、どこか似た部分がある。

ぼくはパスワードを入力し、ファイルを落とした。

デスクトップに、圧縮ファイルが保存される。

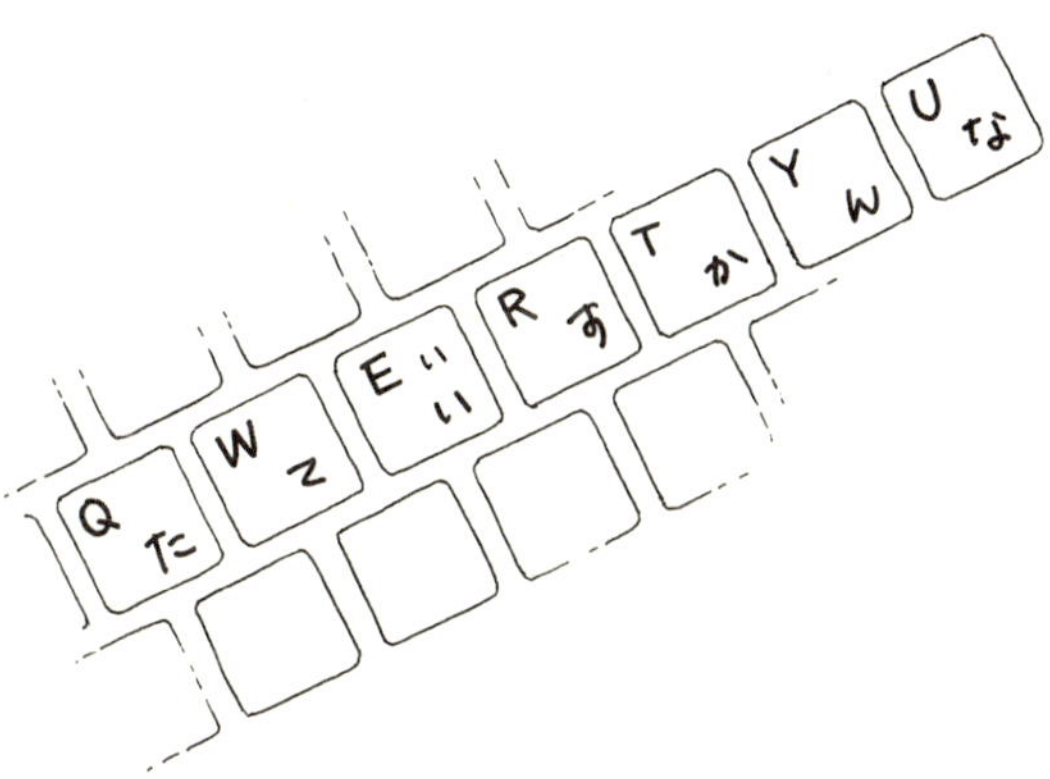

ウィルス検索してから、ダブルクリック。ファイルをひらこうとしたら――あかない。

『パスワードを入力してください』――さっきと同じメッセージがあらわれる。ぼくは、すこしもあわてず、UYTREWQと打ちこんだ。

……あかない。

「なんで、あかないんだよ！」

創也にいうと、

「ダウンロードのパスワードと、圧縮ファイルを解凍するパスワードはちがうんだよ」

そんなこともわからないのかって感じで、創也がぼくを見る。

「パスワードがちがうって……そんなの、どこに書いてあるんだ？」

「書きこみをよく見たまえ。『答えは先生が知ってるからね』って書いてあるだろ。『答え』をべつの言い方にすると――？」

「『解答』……ひょっとして、『解凍』をあらわしてるの？」

「That's right！」

創也が、親指をグッとつきだした。

……力がぬける。

「で、その解凍パスワードを知ってる先生は、どこにいるんだ？」

ぼくの質問に、創也はうでを組む。

「ふむ。ここからは、考えろといっても、むりだろう。説明するから、ありがたく聞きたまえ」

ぼくは、すさまじい精神力で、ぶんなぐってやろうという気持ちをおさえる。

創也がつづける。

「先生というのは教師だろ。教師とは、『今日四』をあらわす。つまり、今日を四つの数字であらわせって意味なんだ」

「……………」

「一月一日なら『0101』。十二月三十一日なら『1231』。ちなみに、『今日五』だと、あいだに『／』が入る。『12／31』みたいにね」

聞いているぼくのほおを、冷たい汗が流れる。その汗を見て、創也が肩をすくめる。

「いま話してるのは、パスワードに関する入門編だよ。まだまだ、子どもだましのレベルなんだけどね」

知らなかった……。

「でもさ、栗井栄太は、ぼくがいつファイルをダウンロードするか、わからないだろ。今日の日付が、ほんとうにパスワードなのか？」

「もちろん、ファイルがアップされた日が『今日の四』になるんだ」

横からのびてきた創也の指が、キーを打つ。

解凍されたファイルの中には、文章ファイルと画像ファイルが入っていた。

モニターをのぞいた創也がいう。

「文章ファイルには、『IN塀戸』が完成したってことと、つぎの三連休でお披露目するってことが書いてあった。場所は、N県塀戸村、ペンション『マロン』。参加希望者は、メールで連絡せよって——」

マウスをあやつり、ファイルをひらく創也。

ぼくもファイルを見る。ていねいな時候のあいさつのあと、交通手段、持ち物など、こまごました注意が書かれている。（注意書きの最後に、「バナナはおやつに入ります！」と、しっかり書いてあった。この永遠の難問に、あっさり答えをだすとは……。さすが栗井栄太！）

画像ファイルをひらくと、手描きの絵地図。「塀戸村の地図」という文字は上手なんだけど、地図のほうは、あまり上手じゃない。はっきりいって、へた。画像のすみに「麗亜画」と書いてある。その下には、「ていねいにプリントアウトして使ってね♡」の文字。——この地図、鷲尾麗亜さんがかいたんだ。

「栗井栄太は、インターネットをつうじて世界に発信したんだ。『IN塀戸（インベイド）』が完成したってことを――」

創也が、招待状を手に持つ。以前、ジュリアスがとどけてくれたものだ。

「というわけで、つぎの三連休は塀戸村（べいどむら）だよ。『IN塀戸』をプレイするのが楽しみだね」

ほほえむ創也に、ぼくは指を二本のばす。

「問題が二つある。一つは卓也さん。彼（かれ）にだまって塀戸村にいくのは、むりじゃないか？　絶対とめられると思うよ」

「それについては心配ない。卓也さんは卓也さんで、いそがしいと思うから」

「もう一つ。その三連休を、ぼくは思いっきりダラけてすごそうと計画してたんだけど……」

「それについても心配ない」

創也の素っ気ないひとことと。

いや、答えになってないんですけど……。

でも、いまの創也になにをいってもむだだ。すでに気持ちは塀戸村に飛んでいる。

では、最後になみだとともに書いておこう。

さようなら、思いっきりダラけてすごすつもりだった三連休。

願わくば、塀戸村(べいどむら)で平穏(へいおん)無事な時間をすごせますように。（でも、創也といっしょだったら、むりだろうな……）

02

地図から名前が消えた村——塀戸村(べいどむら)。

その土地をすべて買った者があらわれた。

栗井栄太だ。

まず、森を切りひらき、谷川に橋をかけ、工事車両が通る広い道をつくった。

つぎに、廃屋(はいおく)を解体した。こわしたのではなく、ていねいにバラバラにしたのだ。

そして、村のあちらこちらで基礎(きそ)工事をはじめた。その工事だけで、一年近い月日が流れた。

基礎工事がおわると、廃屋がもどされた。工事車両が通った道は、アスファルトをはがし、もとどおり木を植えた。谷川にかけた橋も、撤去(てっきょ)した。

村の外観は、すこしもかわっていないように見える。

いや、一つだけ——。

塀戸村

村はずれの小高い丘の上に、一軒のペンションが建っていた。

木造二階建て。亜鉛メッキ銅板で葺かれた屋根。白と赤茶色のレンガ風の外壁。

玄関には、かわいい栗のイラストがえがかれた『マロン』という看板。

いま、そのペンションのダイニングに、三人の男と、ひとりの女性が集まっていた。


「長かったな――」

三十代くらいの男が、全員を見まわし、いった。

太ももの部分がふくらんだニッカーボッカー。長袖のハイネックシャツ。頭にはタオルを巻いている。

神宮寺直人だ。

「で、みんな、飲み物はいきわたったかな？」

全員が飲み物を持っているのを確認してから、神宮寺はいった。

「それでは『IN塀戸』の完成を祝して、乾杯！」

それにつづいて「乾杯！」といったのは、ジュリアス・ワーナーだけだ。金色の髪の毛に青い瞳。どこから見ても外国人だが、彼は外国語を話せない。それに、ジュリアスの国籍は日本だ。

小学生の彼は、コーラの缶を持っている。

その横で、

「………」

ヘッドホンをしたままの柳川博行は、だまってウーロン茶を持ちあげた。ボサボサの前髪の下から、疲れた目がのぞいている。

そっぽをむいてワイングラスを持っているのは、鷲尾麗亜だ。まっ赤なドレスからのびた足を豪快に組んで、ワインを飲みほす。

神宮寺が、缶ビールをテーブルにおいた。

「……えらく、もりあがらない乾杯だな」

彼は頭のタオルをはずし、汗をふく。そして、テーブルをバンとたたいた。

「不満があるのなら、聞かせてもらおう！」

「不満なら、大ありよぉ」

けだるい口調で、麗亜がいう。

「わたし、締め切りをほっぽりだして、こんな山の中まできたのよ。ハイヒールで山道を歩くのがどれだけたいへんだったか、神宮寺ちゃんにわかる？」

冒険小説家の麗亜は、まっ赤なハイヒールをぬぐと、足にできたマメを見せる。

「……それは、登山ぐつをはかなかった姫の責任であって、おれには関係ないんじゃないかな」

麗亜に聞こえないよう、小声でいう神宮寺。

なぜ大きな声でいわないか？　――答えはかんたん、こわいのである。

ちなみに、麗亜はみんなから「姫」とよばれている。

彼女の不満はつづく。

「それが、きてみたら、安いワインが一本。これで、気持ちよく乾杯しろっていうほうが、むりじゃない？」

「わざわざ、スクリーミング・イーグルを用意したんだけどな」

神宮寺が、こんどは麗亜の耳に入るくらいの大きさの声でいった。ちなみにスクリーミング・イーグルとは、見つけることすらむずかしいといわれるカルトワインのなかでも、最高峰のものである。

「…………」

麗亜が神宮寺をにらむ。そして、からのグラスにドバダバとワインをつぎ、いっきに飲みほした。

神宮寺は、おれが悪かったというように両手をあげた。

「で、おつまみは？」

麗亜がたずねると、だまって柳川が立ちあがった。

彼はダイニングのとなりにある厨房へいくと、皿を持ってくる。すりおろしたパルミジャーノ・レッジャーノがかけてあるサラダだ。

すこしきげんがなおる麗亜。

「やっぱりウイロウの料理は最高ね」

神宮寺が、ホッと胸をなでおろす。

「助かったよ、ウイロウ」

小声で柳川にいう。ちなみに、柳川は「ウイロウ」とよばれている。彼は、名古屋名物のウイロウが好きなのだ。（とくに、白いのがお気に入り）

「……味がわかる人間にほめてもらったのなら、うれしいけどな」

ボソッと柳川がいった。

麗亜を見ると、あっというまにサラダを食べおえ、まっ赤なバッグから酢コンブをだして、しゃぶっている。

「酢コンブをしゃぶりながら、スクリーミング・イーグルを飲める舌が、おれには理解できない」

「この組み合わせがわからないなんて、ウイロウの味覚も幅がせまいわね」

カラカラと笑う麗亜。

そのすきに、酢コンブに手をのばすジュリアス。麗亜にバシッとたたかれる。

「あんたに酢コンブは、まだ早いわ。こっちでがまんしなさい」

まっ赤になったジュリアスの手から酢コンブをとりかえすと、麗亜は、その手にロリポップをにぎらせた。

「いろいろ不満はあるけど、わたし、このペンションは気に入ってるのよ。『IN塀戸』がコケても、わたしが編集からの隠れ家として使うから心配しないでね」

「…………」

「それに、この村もすてき。――栗井栄太が、村ぜんぶを買いとってるんでしょ？」

「ああ」

神宮寺がうなずいた。

「自治体と交渉したり、たいへんだったんだぜ」

麗亜は、神宮寺の苦労話を無視する。かわりに、両手をにぎりしめていった。

「駄菓子屋さんが、商品もそのままに残ってるんだもん。最高よ！　それに、新しい商品も仕入れてきたからね」

「あの荷物の中は、みんな駄菓子か……」

神宮寺と柳川、ジュリアスの三人が、麗亜のそばにおいてある、まっ赤な風呂敷包みを見た。

聞こえないふりの麗亜。

「それで、どうしてわたしたちに集合をかけたの？」

麗亜が神宮寺にきいた。

「最初にいったじゃねえか。やっと『IN塀戸』が完成したって」

がっかりした口調の神宮寺。麗亜は、まったく気にしてない。

「ああ、そうだったの。それじゃあ、乾杯しないとね。——乾杯！」

ひとり、ワイングラスを持ちあげる麗亜。

ジュリアスが、小声で神宮寺にいう。

「姫、締め切りが真剣にヤバイみたいだね。かなりこわれてる」

うなずく神宮寺。

そして、気持ちをきりかえて、みんなを見まわす。

「とにかく、『IN塀戸』は完成した。いよいよ、発動するぞ。——ジュリアス、参加者は？」

ロリポップをくわえたジュリアスが、かたわらのノートパソコンを操作する。「春さん」と名づけられたノートパソコンは、栗井栄太の地下室にあるメインコンピュータとつながっている。

「確実なのは六人。そのうち、ファイル４３７８をダウンしてメールしてきたのが三人。そのひとりは、テレビのディレクターだよ」

「ディレクター？」

「『IN塀戸』を取材して、ドキュメンタリーをつくりたいんだって」

「あの書きこみに気づいて、ファイルをダウンしたんだろ。テレビ屋さんにしては、なかなかやるじゃないか」

「ダウンしたのは、部下の人みたい。取材にはOKの返事をしといたけど、よかったかな？」

ジュリアスにきかれ、うなずく神宮寺。

「かまわねえよ。通り一遍の取材で、『IN塀戸』の秘密がわかるはずねえからな」

「あとの三人は、特別招待客。ひとりは塀戸村の住人。残りのふたりは、あのふたりね」

「あのふたりか……」

つぶやく神宮寺の口から、するどい犬歯がのぞく。

柳川は無表情だし、麗亜は、

「楽しみ、楽しみ！」

と、はしゃいでいる。

「でも、あのふたりには招待状はとどけてあるけど、時間や場所については、なにも教えてないよ。こられるかな？」

「心配するな、ジュリアス」

神宮寺が、新しい缶ビールの栓をあける。

「ゲームクリエイターってのは、あらゆる情報にアンテナを張ってるもんだ。ましてあいつらはこの栗井栄太に戦いを挑むほどのやつら。確実に、ファイル４３７８を落としてるよ。もっとも——」

ニヤリと笑う神宮寺。

「あのていどのファイルを落として解読できないようなやつらなら、べつにこなくてもいい」

そのとき、玄関のほうでベルが鳴った。

「だれかしら、いまごろ？」

麗亜が立ちあがり、玄関にむかう。

もどってきた彼女の手には、大きな花束。

「お届けもの。宅配便屋さん、このペンションの場所がわからなくて、とどけるのがおそくなったって、あやまってたわ」

花に顔を寄せる麗亜。

酢コンブをくわえてなかったら、とっても絵になる光景だと、ジュリアスは思った。

「だれからだ?」

神宮寺が、花束についているカードを見る。

栗井栄太さま
『IN塀戸』の完成おめでとうございます。三連休にはおじゃましますので、よろしくおねがいします。
竜王創也&内藤内人

「おれのいったとおりだろ」

神宮寺が、カードをジュリアスにむかって投げた。

「またあのキッズに会えるのね。ワクワクしちゃうわ」

ジュリアスからうばったカードに、派手なキスマークをつける麗亜。

柳川がヘッドホンをはずした。

「……いいのか、あのふたりをよんで？」

そうきかれ、神宮寺は右手をヒラヒラふった。

「心配するな、ウイロウ。『IN塀戸(インVADE)』は完璧(かんぺき)だ。シミュレーションの結果も、百パーセントおれたちの勝ちだとでている」

神宮寺に見られ、ジュリアスはうなずいた。

「修正プログラムをいれたんだ。その結果――」

ジュリアスの指が、キーボードの上をおどる。

まっ黒な画面に緑色の文字が、すごい速さで流れる。

「ぼくらの勝ちは、動かない」

画面に「YOU(ユー) WIN(ウィン)」の文字がでた。

「まったく、あんたたちにも、こまったもんね」

玉子ボーロを口にほうりこみ、ワインで流しこむ麗亜。おいしそうに食べる麗亜を見て、

「……まちがってないか？」

ときく柳川。

麗亜は、ため息をつく。

「なかよくすればいいのに。わたしは、あのふたりを仲間にいれてもいいと思ってるのよ」

「仲間？　――それはむりだ！」

神宮寺、柳川、ジュリアスが、そろって首を横にふった。

「あのふたりは、栗井栄太に『ぎゃふん』といわせた」

神宮寺のことばに、うんうんとうなずく柳川とジュリアス。

「こんど『ぎゃふん』というのは、あいつらだ！」

三人が、「オー！」と手をふりあげる。

また、ため息をつく麗亜。

「返り討ちにあわなきゃいいけどね……」

すると、神宮寺はスクリーミング・イーグルのボトルを手に持った。

「なにも心配ないっていったろ。『IN塀戸』は完成し、おれたちは超科学を手に入れた」

ボトルを目の高さに持ちあげる神宮寺。そして、パッと、その手をはなす。

「こんなふうにな——」

神宮寺の手をはなれたボトルは、落下しなかった。まるで重力がないかのように、ボトルは宙に静止している。

「こんど『ぎゃふん』というのは、あいつらだ」

そして、『ＩＮ塀戸（インVADE）』完成記念の宴（うたげ）は、明け方近くまでつづいた。

いや、正確に書こう。

彼（かれ）らにとって、宴と同時に、『ＩＮ塀戸』ははじまっていたのだ。

03

N県北部、塀戸村。

数百年まえ、八人の落ち武者がひらいた村である。

落ち武者たちは、傷つき疲れていた。しかし、自分たちの村をつくるための財宝と希望だけは、けっして捨てなかった。

そして彼らが見つけたのが、崖と森、谷川と岩山にかこまれた場所だった。湧き水が豊富なその場所に、彼らは「塀戸」という名前をつけた。

自分たちを他の者からかくすために建てた「塀」と「戸」を、そのまま村の名前に使ったのだ。

「ここは龍神さまに守られておる」

そのことばどおり、山奥でも豊富な湧き水があるため、落ち武者たちは平和な暮らしをすることができた。

時は流れ、村の人口はふえていった。落ち武者たちが持ってきた財宝を使うまでもなく、塀戸村は栄えた。

しかし、第二次世界大戦中から、豊富な湧き水が涸れはじめた。

「龍神さまが村を見捨てた……」

だれからともなく、そんなうわさが流れた。

それにつれ、ひとり、またひとりと、村をはなれる者がでてきた。

村の人口は、たったひとりまで減少した。

「なに読んでるんだ？」

ぼくは創也にきいた。

「『塀戸村の略史』——栗井栄太のファイルに入っていたんだ」

創也が、Ａ４サイズの紙から顔をあげていった。

「助かったよ。廃村になったのか、地図にはのってないし、図書館やネットで検索かけてもひっかからないし――」

三連休の初日。

砦をでたぼくらは、電車とバスを乗りつぎ、N県北部へやってきた。

母さんに、「三連休、創也の家で勉強合宿するよ。しばらくテストはないけど、気をぬいちゃダメだからね」っていったら、よろこんで家から送りだしてくれた。

うそをついたのは心苦しいけど、こんどのテストで好成績をとることで許してもらおう。

山のふもとでバスをおりる。ここから塀戸村までは一本道だ。

「いよいよだね」

目をかがやかせた創也が、山を見上げる。

そして勢いよく、ぼくの前を歩きだしたんだけど、あんまり張りきると、すぐにバテるぞ……。

案の定、二十分後には、先を歩いていた創也は、ぼくの横にならぶ。

「たまには山登りもいいね」

口ではそういうけど、額の汗はごまかせない。

そして三十分後、創也はぼくの後方へ。

四十五分後には、ふりかえっても創也の姿は見えなくなっていた。

まったく、手間のかかるやつだ。

ぼくは、道のわきに大きなブナの木を見つけたので、デイパックをあずけるようにしてもたれた。ここで、創也を待っててやろう。

一つ深呼吸して、あたりを見まわす。

つるつるでぴかぴかの緑の葉っぱ。そこを通りすぎた太陽の光が、地面に不思議な模様をえがく。

鳥の鳴き声が、かすかに聞こえてくる。

舗装されていない道は細く、軽トラックが一台通るのが、せいいっぱいだろう。

ぼくがもたれてる木の反対側は崖。のぞきこんでみると、はるか下に、ほとんど干上がった谷川が流れている。

とりあえず、近くに水が流れているとホッとする。

小さいころ、おばあちゃんと山へ入ったときのことを思いだす。

おばあちゃんは、よくいっていた。

「いいかい、内人。人間は、空気がないと三分、水がないと三日、食料がないと三週間しか生きられない。この三つだけは、いつも手近においておくんだよ」

おばあちゃんのことばを思いだしていると、道の下のほうから、ゼ～ハ～という音が近づいてきた。

創也だ。どこでひろってきたのか、木の枝をつえのかわりにして、よろよろと道をのぼってくる。

そして、ぼくの横までくると、すわりこんだ。

「……きみは、すわらないのかい？」

息がもどった創也が、木にもたれているぼくを見上げる。

「小さいとき、おばあちゃんにいわれたんだ。休憩（きゅうけい）するときは、すわっちゃだめだって――」

「……………」

立ちあがる創也。ぼくのまねをして、木にもたれる。

そんな創也を見て、ぼくはいう。

「おばあちゃんがいったっていうのは、うそだよ。ほんとうは、ぼくが考えたんだ」

「……………」

創也は、なにもいわずにすわりこんだ。ぼくに対する信頼度がよくわかる行動だ。

「そういや、砦をでるときに卓也さんがいなかったけど――」

ぼくがきくと、創也はニヤリと笑った。

「卓也さんは大いそがしだよ。二十四の保育園から、臨時職員募集の案内がきたんだ。その採用試験が、この三連休のあいだにつぎつぎとおこなわれる。履歴書を書いたり、床屋へいったり、背広を新調したり――。ぼくがどこへいくか見張る余裕は、いまの卓也さんにはないね」

「でも、よく卓也さんが納得したね。あの卓也さんなら、いくら採用試験があるっていっても、創也のお目付け役をサボるようなことはしないと思うけどな」

「だいじょうぶ。この三日間、ぼくは家にこもってジグソーパズルに熱中するって、いってあるから。一万二百九十二ピースの『バベルの塔』のパズルだよ」

一万二百九十二ピース……。

ぼくは想像する。たしか、百円ショップで売ってるジグソーパズルは、三百ピースくらいだ。一万二百九十二ピースってことは、三百ピースの約三十四倍……。

ぼくは三百ピースを組みあげるのにだいたい二時間かかる。単純に考えて、その三十四倍ってことは……約七十時間。

三日間、不眠不休でがんばって、ようやく完成するパズルか……。

「ちなみに、ギネスブックにのってる世界最大のジグソーパズルは、六万一千七百五十二ピース。おぼえておきたまえ」

創也がいう。

ぼくの頭は、年号をいれるのでせいいっぱいなんだ。これ以上、不必要な数字をおぼえる余裕などない。

「でもさ、三連休がおわってパズルが完成してなかったら、卓也さんに疑われるんじゃないかな？」

「だいじょうぶ。このあいだの日曜日に、すでに完成させたから。さすがに、一万ピースをこえるとキツイね。四時間近くもかかったよ」

……化け物だな、創也は。

ぼくは、もう一つ気になることをきく。

「この時期、保育園って人手不足なのかな？　一度に二十四の保育園が臨時採用試験をするなんて――」

「うーん、どうなんだろう？」

そっぽをむいて、興味なさげに答える創也。

ふと頭にうかんだことを、さりげなくきいてみる。

「あのさ、どこかのだれかが、にせの案内を卓也さんに送ったとは考えられない？」

「うーん、どうなんだろう？」

あいかわらずそっぽをむいてる創也。

ぼくは質問をかえてみた。

「案内状をつくるのと、ジグソーパズルを組みあげるのと、どっちが時間かかった？」

「そりゃパズルのほうさ。案内状は、すこし文章をかえるだけで、すぐにできるからね」

……悪魔（あくま）だな、創也（こいつ）は。

「さて、体力も回復したし、塀戸村（べいどむら）へいそごうか」

立ちあがる創也。

元気よく、ぼくの前を歩きだす。

ぼくは、その背中とおしりに黒い翼（つばさ）ととがったしっぽがないか、注意して見た。

せまいトンネルにつきあたる。

大きな岩をくりぬいて、レンガをはってつくられたトンネル。手前には、赤い屋根の小さな祠と、苔むした灰色の賽の神。

「このむこうが塀戸村だね」

プリントアウトされた地図をひろげる創也。

ぼくも、横から地図をのぞきこむ。

もとの地図は、麗亜さんがかいたものだ。花や雲など、こまごましたものが、かわいくえがいてある。——でも、はっきりいって見にくい。

「村への道は、ここしかないのか？」

ぼくがきくと、創也はうなずいた。

「もともと、塀戸村は落ち武者がつくった隠れ里だからね。村は、森と崖、谷川や岩山にかこまれている。この道をふさげば、敵は入ってこられないね」

なるほど。

ぼくらは、しめっぽいトンネルに入る。

このトンネルをふさげば、敵は入ってこられない。でも、それは同時に、村の中から外へにげだすこともできないってことだ……。

首すじの毛が逆立つ。

なんだろ、この感覚……。

山に入ってから、ぼくの神経はピリピリしている。

長生きしたかったら、気をぬくな。——ぼくは、おばあちゃんにそう教えられている。

この村は、なんだかヤバイ。

「創也——」

よびとめようと、創也の背中にむかっていった。でも、おそかった。

「ん？」

太陽の下でふりかえる創也。

よびとめたぼくも、もうトンネルをぬけている。

すでにぼくたちは、塀戸(べいど)村(むら)に入ってしまっていた。

「Welcome to VADE village(ウェルカム トゥ ベイド ビレッジ)！」

両手をひろげる創也。この状況(じょうきょう)の創也に、「ここはあぶないよ。さあ、帰ろう」なんていっても、聞きいれるわけがない。

ぼくは、笑顔(えがお)でため息をついた。

ああ……。

トンネルの上のほうを見ると、木々の根もとから岩がせりだしている。

あそこをくずせば、塀戸村は〝陸の孤島〟になるのか……。

陸の孤島——一か所にとじこめられた登場人物が、ひとりずつ殺されていくのがパターンだ。

ぼくの頭の中で、「陸の孤島」という文字が、紙吹雪を浴びながらパレードしていく。そのうしろからは、「嵐の山荘」という文字も鼓笛隊をひきつれてやってきた。沿道で手をふっているのは、「雪の密室」という文字たち。

ああ……。

「なにを考えてるのか知らないけど、いくよ」

ぼくを冷ややかな目で見て、創也が歩きだす。

トンネルからつづいてる道が、村のメインストリートになるんだろう。

足首くらいまで草がのびた道を、ぼくらは進む。

道のまわりには、田んぼや石垣でかこまれた畑。でも、石垣はくずれている場所が多く、田んぼや畑も草におおわれているので、何年も人の手が入ってないことがわかる。

ところどころに、瓦屋根(かわらやね)の家が見える。どの屋根も、かたむいていたり、草がはえていたりする。

ぼくは創也にきいた。

「塀戸村(べいどむら)って、廃村(はいそん)なのか?」

「栗井栄太のファイルによると、人は住んでるみたいだよ」

「何人?」

「ひとり」

なるほど。ひとりしか住んでないのなら、道も草でおおわれるだろう。

「でも、しずかでいいじゃないか。都会の喧噪(けんそう)になれた耳には、新鮮(しんせん)だよ」

創也はうれしそうだけど、ぼくの耳は、しずかすぎて耳鳴りがしている。

創也がため息をつく。

「もっと自然を楽しむ余裕(よゆう)がほしいね」

うしろ向きに歩きながら、ぼくに説教する創也。

「ちゃんと前を見てないと、ころ――」

ぼくがぜんぶいうまえに、案の定、創也はころんだ。バランスをくずし、道ばたの草むらにしりもちをつく。

まったく、いわんこっちゃない。

創也を立たせようと手をのばしたとき——。

あれ？

創也の横の草むらから、白い岩のようなものがのぞいている。

岩にしては、なんだか違和感がある。

なんだろう？

よく見てみると、大きな穴が二つ、ポッカリあいている。

これ、岩じゃない。

「えーっと……」

もう一度、よく見る。

どう見てもこれは——。

「頭蓋骨だな。頬骨、下顎骨が欠損しているが、まちがいない」

創也が、ぼくの思っていたことをズバリいった。

「……なんで、こんなものが？」

ぼくは創也にきいた。

「きみは、どう思う?」

骨を手にとり、しらべてる創也に、ぎゃくにききかえされた。

「つまり……これは本物の骨じゃないんだ。よくできたにせもの」

ぼくの推理に、首を横にふる創也。

「にせものだとしたら、かなり精巧(せいこう)なものだよ。これほどのものだと、つくるのに少なくとも十万円以上はかかる。こんな道ばたの草むらに放置されるようなものじゃない」

「じゃあ、栗井栄太がおいたんだ。ぼくらをおどろかせようとして。——ひょっとして、もう『IN塀戸(インベード)』ははじまってるんじゃないか?」

また首をふる創也。

「それなら、もっと目にとまりやすい場所におくだろうね。ぼくが絶妙(ぜつみょう)のタイミングでころばなければ、この骨に気づかなかった」

うーん……。

ぼくは必死で考えた。その瞬間(しゅんかん)、名探偵(めいたんてい)の神さまが、ぼくにおり立った。

「なにもむずかしく考えなくてもよかったんだよ、創也くん。ここがどこか考えてみたまえ」

ぼくが話すのを聞いて、創也が顔をしかめる。

「そのイヤな口調は、なにか思いついたってことだね？」

イヤな口調——そうかな？　創也の口調をまねしただけなんだけど……。

ぼくは、人さし指を一本のばす。

「ここは塀戸村。すごい山の中だ。当然、サルも多いだろう。つまり、この頭蓋骨は、人間のものじゃなくて、サルの骨なんだ」

どうだ、この完璧な推理！

「残念だけど、サルは金歯をしないよ」

創也が、上あごの部分をシャツの袖でふく。

すると、太陽の光を反射する金歯があらわれる。

ああ、目にまぶしい……。

さっきの創也の話だと、この骨が栗井栄太に関係してるとは考えにくい。ということは、ずっと昔からこの村にあったということだ。

ぼくは周囲を見まわす。

しずかな山村の風景。

でも、たった一個の頭蓋骨(ずがいこつ)が、その風景を不気味なものにかえている。

「……警察に通報しないと」

ぼくがいうと、創也が指をチッチッチッとふった。

「それはダメだ」

「どうして？」

「まず、この村は携帯(けいたい)電話がつうじない」

創也が携帯電話をだす。ディスプレイには「圏外(けんがい)」の赤い文字。

「警察に通報しようとしたら、山をおりなくてはいけない。すると、『IN塀戸(インVADE)』の開始にまにあわなくなる」

「………」

「それに、警察がきたら、ゴタゴタして『IN塀戸』どころではなくなる。ぼくは通報する気はないよ」

平然という創也。

こいつの倫理観(りんりかん)は、見習わないようにしよう。

「薬品を使わずに、これだけきれいな白骨になるには、数年かかるだろう。数年まえの事件なら、いまさら二、三日おくれても、たいしたちがいはない。——以上が、すぐに警察に通報しない理由だ」

ＯＫ。わかりました。

ここまで頑固にいいはってる創也には、なにをいってもむだだ。

あきらめ顔のぼくに、創也がいう。

「安心したまえ。ゲームがおわってから、ちゃんと匿名の電話を警察にするから」

「そうしてくれ」

ぼくは最後の質問をする。

「『ＩＮ塀戸』って、どんなゲームなんだ?」

だまって肩をすくめる創也。

そう。ぼくらは、まったく予備知識を持っていない。

「はっきりしてるのは、気をぬいていると、栗井栄太の世界にのみこまれてしまうってことさ。そうなったら、ぼくらの負けだ。『究極のゲームをつくる』っていう夢が、消しとんでしまうかもしれない。いや、最悪、二度とゲーム作りをしようと思わなくなるかもしれない」

真剣な創也の顔。

その表情から、彼(かれ)がどれだけの思いを持って『IN塀戸(インベード)』をプレイしようとしてるか、わかった。

創也が、ぼくの肩(かた)に手をおく。

「いまは『IN塀戸』に集中させてくれたまえ。ゲームがおわったら、かならず警察にいうから」

「了解(りょうかい)」

でも、それまでのあいだ、この骨を草むらにおいておくのはかわいそうだ。

ぼくは、木の板を二枚ひろってくると、道のわきに穴を掘(ほ)る。

「創也、おまえも掘れよ」

木の板を創也にもわたして、掘らせる。できた穴に頭蓋骨(ずがいこつ)をおさめ、ていねいに土をかける。

木の板を墓石がわりに立てて、ぼくと創也は手をあわせた。

まだ、『IN塀戸』ははじまっていない。でも、いま考えると、ぼくらはすでに『IN塀戸』の世界にとりこまれていたんじゃないんだろうか。

とても強い印象の夢をみたあと、目覚めてからも夢か現実かわからなくなるときがある。

「夢だったんだ……」

ホッとした瞬間、

「まだ、夢はおわってないんだよ」

と、肩をポンとたたかれたような気分。

塀戸村にいるあいだに、どこまでが現実で、どこからがゲームの中か、境界線があいまいになっていく。

しばらく歩いてから、創也が、また地図をとりだす。

「内人くん、いままで横道がいくつあった？」

「三つ」

うなずく創也。

「うん、ぼくもかぞえていたけど、三つだった。——ということは、つぎの横道を左だ」

いわれたとおりに、ぼくらはつぎの道を左にむかった。

道のまわりは背の高い草。聞こえてくるのは、鳥の声くらい。

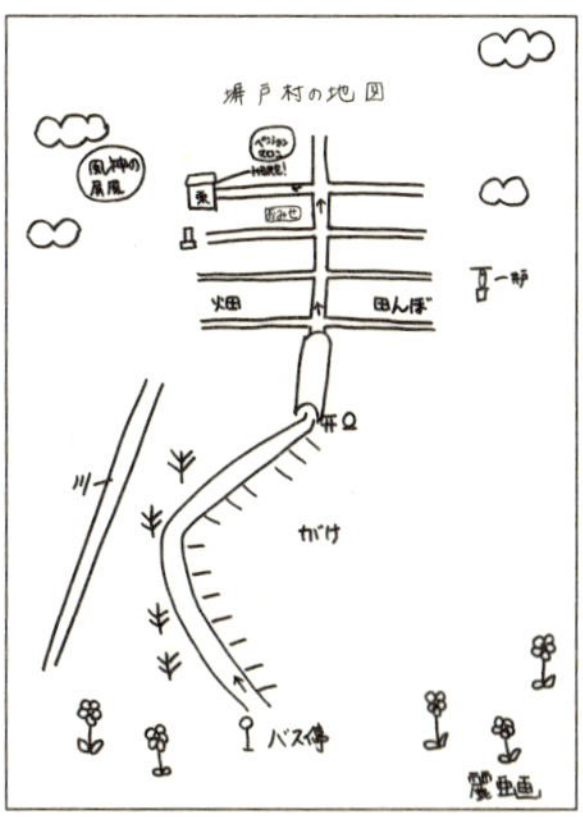

なんだか、ますますさびしくなっていく。

「この道であってるのか？」

ぼくがきくと、

「地図が正しかったら、あってるはずだけど……」

創也の不安そうな声がかえってきた。

道の先にブロック塀が見える。建物は見えない。ブロックの塀があるだけだ。

草をかきわけて塀のところまでいって、中を見る。むきだしになった黒い土。散乱している墓石。地面には、パワーショベルでひっかいたようなあとがある。

どうやら、ここは墓地だったようだ。それも、火葬ではなく土葬のようだ。

地図を見ると、ペンションへむかう横道の手前の横道の先に、お墓のイラストがかいてある。

横道の数をかぞえると、もう一本手前にある横道がかいてない。

……麗亜さん、まちがってるよ！

ぼくは、心の中で文句をいった。もちろん、面とむかっていえるほど、ぼくは度胸がない。

墓場からＵターンし、メインストリートへ。

そのまま進むと、つきあたりに短い鳥居が見えてきた。その上に石段が見える。

「創也、神社って地図にかいてある？」

「ない……」

麗亜さん作の地図は、麗亜さんの性格を反映して、かなりいいかげんにかかれてるようだ。

石段の前では、竹ぼうきを持った女の人が掃きそうじをしていた。

巫女さんだろう。白の着物に、明るい朱色の袴をつけている。

「あのかっこうが、巫女の一般的な装束と思われてるけど、あれは、社務所で働くときや、そうじなどをするときの衣装だよ」

創也が解説してくれるけど、どうして創也が巫女のファッションについてくわしいのかは、説明してくれなかった。巫女さんは、長い髪の毛を首のうしろのところで、かたく結んでいる。竹ぼうきを持つ指は白くて細い。長い爪が太陽の光をうけてキラリとかがやいた。

近づくと、彼女は眼鏡を直して、ぼくらを見る。

「こんにちは」

巫女さんが、ぼくらに頭をさげた。まだ若い。高校生くらいじゃないだろうか。

「あなたたち、ペンション『マロン』のお客さんですね？」

「ええ。それで、ペンションまでの道を教えていただきたいのですが——」

創也がいった。

「もうすぐですよ。この道を道なりにいけば、つきあたりがペンション『マロン』です」

地図を見せる創也。

「この地図、あってます？」

女の人は、また眼鏡を直すと、じっくり地図を見る。そして、あっさりいった。

「これ、地図なんですか？」

それを聞いて、創也は地図をていねいにたたみ、ポケットにいれる。この紙を二度とひらきたくないという、強い決意を感じさせる動作だ。

創也は巫女(みこ)さんにきく。

「あなたは、この村の人ですね」

「ええ、水上亜久亜(みずがみあくあ)といいます」

ていねいに頭をさげる亜久亜さん。長い髪(かみ)がサラリとゆれる。

「ぼくは竜王創也です」

創也につづいて名乗ろうとしたら、

「彼(かれ)は内藤くんです」

ぼくをさえぎる創也。なんで、おまえがいうんだよ。（おまけに、フルネームをいってないし……）

「亜久亜さんは、おひとりで住んでるんですか？」

ぼくの不満を無視して、創也が亜久亜さんにきく。

うなずく亜久亜さん。

「小学校へ入ると同時に村をはなれて、ふもとに住んでいました。でも、二年まえに中学を卒業し、この神社を守るために巫女としてもどってきたんです」

「立派ですね」

「水神神社は、わたしの家が代々守ってきた神社ですから」

「水神……ということは、龍神を祀ってるんでしょうか？」

「ええ。――この村に龍神伝説が残ってることは、ごぞんじですか？」

「村の略史をすこし読んだていどです」

創也のことばに、亜久亜さんは、かるくうなずく。

「大昔から、この村は豊富な湧き水がありました。村人は、それを当然のこととして、感謝の気持ちもなく使っていたそうです。それが、あるとき、夜空に巨大な龍があらわれたそうなんです。『この村の水は、すべて龍神(りゅうじん)さまのおかげだ』——その感謝の気持ちをあらわすため、水神(みなかみ)神社はつくられたのです」

「いい話ですね」

楽しそうに会話をつづける創也と亜久亜さん。

ぼくは、創也がこんなに楽しそうに女の人と話すのを、はじめて見た。

ひじで創也の脇腹(わきばら)をつつく。

「そろそろマロンにいかないか?」

小声でいうぼくを黙殺(もくさつ)する創也。

ふう、こまったもんだ。

ぼくは、石段のわきにある大きな岩にこしかける。

> そのときまで、ぼくは運命など信じていなかった。
> でも、その瞬間(しゅんかん)——。
> いやでも運命を信じるしかなかった。

そう、彼女と出会ったのは運命だ。

「あなたも、『IN塀戸』をプレイするんですか?」

ぼくの質問に、彼女はうなずく。

「でも、わたし、ゲームって得意じゃなくて」

恥ずかしそうに、彼女がいった。

その瞬間、ぼくは自分の役目を悟った。彼女を守るために、ぼくはこの村にきたんだ。

「安心してください。ぼくがついています」

ぼくは力強くいった。

彼女を守るの

「……なにをしている?」

顔をあげると、とっても暗い目で、創也がぼくを見ている。すさまじい殺気を、全身から発している。

かくすひまはなかった。タカのようなすばやさでぼくからノートをとりあげ、だまって読む創也。

やがて創也は、ノートをとじ、ぼくにきく。

「なんだ、これは?」

「宿題の作文」

「不思議だね。そんな宿題がでてるなんて、ぼくは聞いてないよ」

「へえ、おかしいなぁ……」

できるだけ自然な口調で、ぼくはいった。そして、ノートをとりかえすと、デイパックにしまった。

「じゃあ、亜久亜さん。のちほどお会いしましょう!」

ぼくは、彼女(かのじょ)にむかって手をふる。

そのあとマロンにつくまで、創也はひとことも話さず、ぼくをにらみつづけた。

こわかった……。

04

マロンは、小高い丘(おか)の上にあった。

林にかこまれた建物は、絵葉書に使えそうなくらいかっこいい。〝さわやかな高原のペンション〟というイメージそのままだ。

「なかなかしゃれてるね」

ぼくがいうと、創也がフンと鼻を鳴らして答えた。

どうやら、さっきのことを、まだおこってるみたいだ。なんて心のせまいやつなんだろう。

創也が、玄関(げんかん)のベルに手をのばす。

鳴らすまえにドアがあいた。あけたのは神宮寺さんだ。……どうして、ぼくらがついたのがわかったんだろう?

「よう、いらっしゃい」

ピンクのジャケットにクリーム色のシャツのえりをだすというファッションは、ペンションよりも夜の街がよく似合う。

「招待していただき、ありがとうございます」

創也がいった。

「こっちこそ、きていただいて感謝するぜ」

フッと笑う神宮寺さん。

「なんせ、おまえさんらを〝ぎゃふん〟といわせないと、栗井栄太は、気持ちよくつぎのステップに進めないからな」

「それじゃあ、いつまでたっても足踏み(あしぶみ)してないといけませんね」

「憎(にく)まれ口(ぐち)は、あいかわらずだな」

しばらくにらみあったあと、神宮寺さんが右手をだした。創也がその手をにぎる。

神宮寺さんの右手首で、金のくさりがチャラリと鳴った。

「それでこそ、おれたちの相手にふさわしい」

ドアを大きくあけ、神宮寺さんは、ぼくたちを中に招きいれる。

玄関(げんかん)を入ったところがホール。新しい木のにおいで満ちている。

正面に小さなカウンターがあって、左が事務室、右が厨房とダイニングになっている。

「ウイロウ、案内してやってくれ」

神宮寺さんが、カウンターにすわっていた柳川さんにいった。

無言で立ちあがる柳川さん。事務室からかぎを持ってくると、なにもいわずにぼくらの前を歩きだした。

玄関横の階段をのぼって二階へ。

「なかなか立派なペンションだね」

ぼくは、小声で創也にいった。

「この大きさだと、千六百万円くらいの物件だな」

「やけにくわしいじゃないか」

「このあいだ、ひまだったから、不動産情報誌を読んでたんだ。そのなかに、木造二階建てで二千六百平米の物件がでていたんだ」

創也は活字中毒だ。読むものがないときは、ラー油のびんにはられたラベルまで、真剣に読む。

そのとき、柳川さんがふりかえって、ボソッといった。

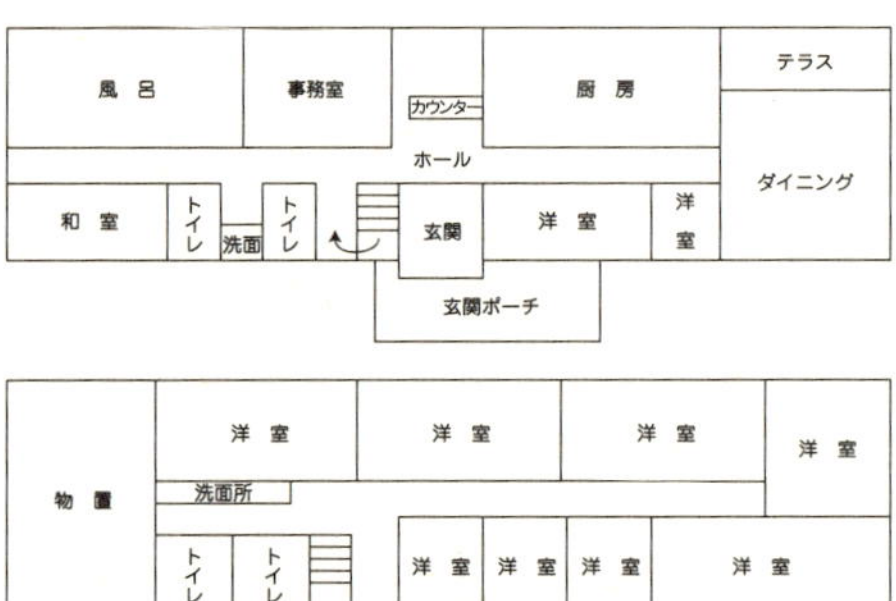

「二百十五億……」

え？

「二百十五億――それが、マロンを完成させるのにかかった金額だ。たかが千六百万などと思わないでいただきたい」

柳川さんの口調には、迫力がある。

それにしても、千六百万円を〝たかが〟といえるなんて、栗井栄太ご一行さまは大金持ちだ。

階段をのぼったところの左に、トイレと物置、洗面所がある。廊下は左右につづいていて、柳川さんは、すぐ右側の部屋のドアをあけた。

「七畳ある。中学生ふたりには十分だろ」

かぎをサイドテーブルにおくと、柳川さんは部屋をでていった。

ぼくは、とりあえず、汗でよごれたシャツを着がえる。

創也は、デイパックごとベッドにたおれこんだ。

「二百十五億か」

ボソッという。

「わからない。どうして栗井栄太は、そんな大金をかけて『IN塀戸』をつくったんだ？」

「へえー、創也がそんなことをいうなんて、意外だな」

「どうして？」

そうきかれて、ぼくは、あいまいにほほえんでごまかす。「竜王創也も栗井栄太も、ゲームのためなら全財産を投げだすほどの大バカ野郎じゃないか」なんていったら、ぶんなぐられるにきまってる。

すると、あけっぱなしのドアのところで声がした。

「栗井栄太のプライドをかけたゲームです。二百十五億など、わずかなものです。それに、堺戸村全体にかけた金額は、いったいいくらになることやら……」

グラスをのせたお盆を持って、ジュリアスが立っている。

「このペンションの従業員は、ノックもしないのかい？」

ベッドから体を起こす創也。

「………」

ジュリアスが、つま先でドアをトントンとけった。

「ペンション『マロン』へ、ようこそ」

天使のようにほほえむジュリアス。でも、その中にあるのは悪魔の性格だ。

ジュリアスは、ダンスのステップをふむように部屋の中に入ってくると、サイドテーブルにグラスをおいた。

「さっき、『塀戸村(べいどむら)全体にかけた金額は、いったいいくらになることやら』っていってたけど、いくらかけたんだい？」

創也の質問に、

「ぼくは知りません」

あっさり答えるジュリアス。

「神宮寺さんは、きくなといってます。ウイロウは頭をかかえてましたし、姫(ひめ)は楽しそうにキャピキャピしてました」

聞いていたぼくのほおを、冷たい汗(あせ)が流れる。

いったい、いくらになるんだろう……？

ジュリアスが、ぼくらにむかって両手をひろげた。

「いまのうちに楽しんでくださいね。どうせすぐに、それどころじゃなくなるんですから」

「………」

ジュリアスのことばを聞くと、あまいオレンジジュースが、とても苦くなる。

「最後は吠え面かいて帰ることになります。そして、二度と栗井栄太にたてつく気にはならないでしょう」

金髪に青い目のジュリアスが、〝吠え面〟とか〝たてつく〟なんてことばを使うと、外国映画の吹き替え版を見ているようだ。(もっとも、ジュリアスは日本国籍で、日本語しか話せないけどね)

「一つだけ質問がある」

創也が指を一本のばした。

「栗井栄太は、ぼくらに負けるという可能性は考えてないのかい? ゲーム制作には、あらゆる可能性を考慮しなければならない。それができてないゲームは不良品だよ」

ジュリアスの表情がかわった。

「栗井栄太のゲームにミスはない」

彼は断言する。

「正直にいいます。以前、あなたたちをキャラクターとしてシミュレートしたら、『IN塀戸』に予測不能なバグがでました。だから、修正プログラムをいれました。その結果、あなたたちの勝ちは消えました」

淡々(たんたん)というジュリアス。

「しっぽを巻いてにげるのなら、いまのうちですよ、お客さま」

それを聞いて、また創也が指を立てる。

「質問は一つじゃなかったんですか？」

首をかしげるジュリアス。

「これは質問じゃない。おねがいだ。ぼくらは疲(つか)れている。休ませてくれ。寝言を聞いてるひまはないんだ」

ジュリアスの顔が怒(いか)りでまっ赤になった。でも、すぐに笑顔(えがお)をとりもどすと、

「失礼しました、お客さま」

そういって部屋をでていった。

「なあ、創也」

ぼくは、ベッドに寝(ね)ころがり、目をとじている創也にいう。

「疲れてるのなら、ちゃんと布団(ふとん)をかけて寝ろよ。風邪(かぜ)ひくぞ」

「寝られるはずないじゃないか」

目をとじたまま、ニヤリと笑う創也。

「ものすごくワクワクしている。このぼくが、さけびだしたくなるくらいなんだ。きみは、なんともないのかい？」

めずらしい。いつも冷静で感情を外にださない創也が、興奮している。

「このままだと、村じゅうを走りまわりかねないからね。ぼくは、自分の意思でベッドにはりついてることにするよ」

「了解。じゃあ、ぼくはちょっと散歩にいってくるからね」

創也にタオルケットをかぶせ、ぼくは部屋をでる。

創也にはいわなかったけど、ぼくだって同じだ。

山に入って、ぼくもワクワクしている。じっとしてられないくらいね。

——しずかだ。

都会の喧噪になれているせいか、こんなにしずかだと、へんな気持ちになる。

耳のおくがキーンとする。

ペンションをでたぼくは、塀戸村の中をブラブラ歩く。

神社の前を通ったけど、亜久亜さんはいなかった。

墓場への道をすぎたところに、切り株があった。そこに腰をおろして一服。

山の濃い緑。ところどころに灰色の屋根が見えるけど、それも緑色にのみこまれようとしている。

あと十年――いや五年もしたら、この村はすべて緑に包まれるんだろうな。

ぼくは、ぼんやり考える。

まるで、最終戦争がおこったあと、自分ひとりだけが生き残ってしまったような景色。

そのとき、陽炎の立つ道のむこうに、人影が見えた。

まぼろしかな……？

山にいると、よく幻覚を見る。

「自分の見てるものが信じられないときは、逆立ちして見るといい。それでもちゃんと見えるようなら、それは幻覚じゃない」

ずっと昔、おばあちゃんがいっていた。

ぼくは逆立ちしてみる。

人影は消えなかった。だんだん、ぼくにせまってくる。

うすよごれたジーンズに、生成りのシャツ。三十五歳くらいかな。長い髪はボサボサで、会社員には見えない。自由業——それも、自分探しの旅をしているうちに、帰り道を見失ったって感じの人。

「……こんにちは」

男の人は、逆立ちしてるぼくを、おびえた目で見る。

「こんにちは」

ぼくがあいさつをかえすと、ビクッとする。そして、神社にむかって一目散に走っていった。

ぼくは逆立ちをやめて、男の人を見送る。幻覚じゃなかったけど、じつにかわった人だ。

ふたたび、静けさがもどる。

ぼくはまた、切り株に腰をおろす。

するとこんどは、おじさんと女の子の人影が見えた。

ぼくは、すぐに逆立ちする。だって、女の子の人影が、クラスメイトの堀越美晴に見えたからだ。

これは幻覚にちがいない！

でもその幻覚は、ぼくに近づいてくると、

「内藤くん、どうして逆立ちしてるの？」

ってきいた。

そのうしろから声をかけたのは、堀越美晴のお父さん——堀越ディレクターだ。

「美晴、男の子には、女の子が理解できない深い理由があるんだよ」

このふたり……幻覚じゃない。

ぼくは逆立ちをやめると、一つ咳ばらい。そして、気取った口調でふたりにいった。

「塀戸村へようこそ。でも、どうしてここに?」

「インターネットで、部下がおもしろい書きこみを見つけたんだよ」

答えたのは堀越ディレクターだ。

彼はジャパンテレビのディレクター。ドキュメンタリーをつくるのが仕事だ。もっとも、外連味たっぷりの演出でつくる番組を、ドキュメンタリーといっていいものかどうか……。

「よい番組作りのため、わたしはいつも情報を収集してるんだ」

胸を張る堀越ディレクター。

彼には二十六人の部下がいる。それぞれAからZまで名前がついているのだが、なかでもコンピュータを専門にあつかうのが、I、B、Mの三人だそうだ。

「連絡してみたら、取材OKという返事なので、下見にきたというわけだよ」

とても楽しそうな堀越ディレクター。ぼくも大人になったら、こんなふうに楽しく仕事をしたいと思った。

つづいて、堀越美晴を見る。

「わたし、R・R・P・G（リアル・ロールプレイングゲーム）って興味があって……。ほら、竜王くんって、ゲーム作りをがんばってるじゃない。すこしでも共通の話題ができたらいいなって思って――」

「どうして、創也がゲームをつくってるって知ってるの？」

そうきくと、彼女（かのじょ）はぼくをゆびさした。

「ヤだ。内藤くんがいったんじゃない」

……そうでした。

でも、ずっとまえにいったことを、よくおぼえてるもんだ。

堀越美晴が目をかがやかせる。

「だけど、きてよかった。内藤くんがいるってことは、竜王くんもきてるんでしょ？」

ぼくはうなずく。

うなずきたくないんだけど、うなずく。

それにしても、こまった……。ぼくは、さっきの創也と亜久亜さんのことを思いだす。

ふたりは、とってもいい雰囲気だった。そして、そのことを堀越美晴が知るのも、そう遠くないだろう……。

すると、彼女は悲しむ。彼女の悲しむ姿は見たくない。

いや、待てよ。

ぼくは発想の転換をする。

彼女が悲しんでるところをなぐさめるという役があるじゃないか。

「あんな巫女フェチでゲームオタクのことは、わすれるんだ」

――なるほど、これはなかなかいい役どころだ。

いやいや、ちょっと待てよ。

こんなふうに、創也の悪い面を強調して自分を売りこむのは、卑怯者のすることじゃないんだろうか？

うーん、むずかしい。

天使の心と悪魔の心が、ぼくの中ではげしい戦いをくりひろげる。これは、最終戦争だ。

無力なぼくは、なにもすることができず、天使と悪魔の戦いにまきこまれる……。

「どうしたの、内藤くん？」

堀越美晴に声をかけられ、ぼくは現実にもどった。

「いや、ちょっと世界情勢について考えてたら、ボンヤリしちゃって――」

ぼくの言いわけを、不思議そうに聞く堀越美晴。

「さあ、それよりペンションにいこうよ。……創也もいるしさ」

ぼくは、ふたりの背中をおす。

墓への横道を通りすぎたら、

「ちょっと待ちなさい、内藤くん。ここを曲がらないといけないんじゃないかね？」

堀越ディレクターが、地図をだしていった。

「いや、それは地図がちがってるんです」

ぼくらは立ちどまり、地図を確認する。

すると、村の入り口のほうから、ひとりの老人が歩いてきた。

いや、近づいてくるまで、老人だとは気づかなかった。それほど、老人の背すじはのび、しっかりした足取りだった。

顔にきざまれた深いしわを見ると、八十歳ぐらいだろうか。麻の白い背広を、ビシッと着こなしている。パナマ帽からのぞく髪が、太陽の光を浴びて銀色にかがやいている。

老人は、ぼくらに気づくと、帽子をとって、かるく頭をさげた。

ぼくら三人は、しぜんと直立不動になり、頭をさげる。なんだか、気をつけの姿勢にならないといけないような雰囲気が、老人にはあった。

老人は、あいさつを終えると、墓場跡へつづく道へ入っていく。

「あっ、ちょっと——」

ぼくは老人のあとを追いかける。老人とならぶと、彼のほうが頭一つぶん背が高い。

「ペンション『マロン』へいくのなら、道がちがいますよ。こっちへいっても、お墓の跡があるだけです」

すると、老人はふりかえって、ぼくを見おろした。

老人のするどい目つきが、やさしくなる。

「ありがとう。——しかし、地図では、この道であってるはずだが……」

老人が、上着のポケットから、プリントアウトした地図をだす。

「ああ、それは、地図がまちがってるんです」

「ふむ……」

老人は、地図をたたむと、ていねいにポケットにしまう。

「わしは金田昭之助というものだが、きみは？」

「内藤です。内藤内人」

「そうか、内藤くんか――」

金田さんは、ぼくの肩に手をおく。

「たしかに、わしがいきたいのは、マロンというペンションだ。『IN塀戸』に参加するためにね。きみは？」

「ぼくもです」

「そうか。――さて、きみは、この道は墓場跡へいく道であって、ペンションへの道ではないという。きみがうそをいってるようには、わしには思えない。だが、この年齢まで生きてくると、頑固な性格は、かえられないんだよ」

金田さんは、道の先をキッとにらみつけた。

「この道がちがうのを自分でたしかめないと、納得できないんだ」

うーん、なんとなく金田さんのいってることに納得できる。

「じゃあ、のちほどマロンでお会いしよう」

そして、金田さんは、スタスタと墓場跡への道を歩いていった。

ぼくは考える。

いまの金田さん、それに堀越親子、そのまえに会った〝自分探しの旅人〟、巫女(みこ)の水上さん、……そして創也。

これらのメンバーが、『IN塀戸(インヴェイド)』をプレイするのか……。

そのとき——。

ズガガガガという音。

考えるまえに、ぼくの体は動いていた。まず、手で頭を守る。そして周囲のようすをさぐる。

いまの音は、土砂(どしゃ)くずれの音だ。

ぼくはおばあちゃんから、山で聞くあぶない音をたたきこまれている。いまのは、その一つ。

音が聞こえたのは、村の入り口のほうだ。

ぼくは走る。

うしろから、堀越親子と金田さんもついてくる。

ぼくらは村の入り口で立ちどまった。

予想はしていたが、最悪の光景が目に映る。

大小の岩と土、数本の大木で、トンネルが埋まっている。

えーっと……。

これで、ぼくらは村から脱出できなくなったわけだ。

「わしは運がいい」

金田さんがいう。

「もうすこしはやく、この土砂くずれがおこっていたら、わしはのみこまれてるところだった」

「…………」

ぼくは慎重に、くずれた土砂の山にのぼる。

「あぶないよ、内藤くん」

こんな状況でも、堀越美晴が心配してくれたのがうれしい。

ほおがゆるまないように気をつけながら、ぼくは土砂をしらべる。

山を歩くとき、土砂くずれの危険がないかどうか、ぼくはしぜんに注意している。これはもう本能みたいなものだ。

さっき、トンネルの上を見たときは、木の根っこが岩や土をかかえこんでいた。雨で地盤がゆるんでいたわけでもない。なのに、土砂くずれがおきた。

なぜ——？

ぼくは、土砂に顔を近づける。

土と木のにおいにまじって感じる、このにおい。これは黒色火薬だ。

この土砂くずれは、天災じゃない。

だれかが火薬を使っておこしたんだ。

05

「それで、きみは、だれがトンネルをふさいだと考えるんだい？」

ベッドに寝ころんで、サンリオSF文庫の『万華鏡』を読んでる創也が、ぼくにきいた。

ぼくは首を横にふる。

「黒色火薬のにおいというのは、まちがいないのかい？」

これには、うなずく。

「ふむ」

創也がベッドに起きあがった。

「火薬はもともと媚薬だったという説があるのを、知ってるかい？」

……また、どうでもいい知識を。

「中国の皇帝が学者に命じてつくらせていた惚れ薬が、実験中に爆発して、いまみたいな使用法が見つかったんだって。——まあ、どこまで信用できるかわからないけど」

「そんな信用できない説より、おまえはだれがトンネルをふさいだと考えるんだ？」

「データが少ない」

ボソッと答える創也。

プライドの高い創也は、「わからない」とは、めったにいわない。

ぼくはいう。

「神宮寺さんに土砂(どしゃ)くずれのことをいったら、あまりおどろいていなかった。それは、栗井栄太が土砂くずれをおこしたからなのかな？」

「まだ、『IN塀戸(インVADE)』ははじまってないだろ？　ぼくが栗井栄太なら、ゲームがはじまってから土砂くずれをおこすね」

「でも、神宮寺さんたちは、どうしておどろかないんだろう？」

ぼくは、神宮寺さんたちに土砂くずれについて話したときのことを思いだした。

「へえー、そいつはたいへんだ」

神宮寺さんはひとことだけいって、もう興味をなくしたみたいだ。あのトンネルがふさがったら、村からでられないのに……。

「その理由を考えるより、いまは、土砂くずれをおこした犯人をさがすほうがさきじゃないか」

創也がいった。

「ふむ……」

ぼくは考える。とにかく、順番に検証しよう。

「栗井栄太じゃないとしたら、堀越親子……。いや、この可能性はないな」

「どうして？　堀越ディレクターは、おもしろいと思ったら、爆発くらいおこす人物だよ」

うん、創也のいうことにも一理ある。

「みんなをとじこめたら、どんな反応をするか、見たかったんだよぉ！」――あの堀越ディレクターなら、そういうだろう。

「ほかには、堀越親子よりまえに村へきた人がいた。あの人はどうだろう？」

三十五歳ぐらいの、自分探しの旅人。

うーん……。創也のいうとおり、データが少なすぎて、なんともいえない。

「金田さんだって、火薬をしかけようと思えばできた。――あー、わからない」

「亜久亜さんは？　彼女だって、しかける機会はあっただろ」

創也がいう。ちょっと意外。まさか、創也が亜久亜さんのことを疑うなんて……。

「なんのために、彼女がトンネルをふさぐんだ？」

するとと創也は、ほほえんだ。

「いままで彼女は、ひとりで村にいた。でも、いまはたくさんの人間がいる。この人たちを帰せば、自分はまたひとりになってしまう。そう考えて、土砂くずれをおこした。――どうだい、この動機は？」

「現実味がないと思うよ」

ぼくは、創也の考えを一刀両断にする。

創也は、またベッドに寝ころび、本に目をうつす。

「だからいっただろ。いまは絶対的にデータがたりない。いま、なにを考えても、それは想像にすぎないよ」

「……そうだな」

ぼくも、自分のベッドにこしかける。

しばらく本を読んでいた創也が、ボソッという。

「道ばたの頭蓋骨に、トンネルをふさいだ土砂くずれ――」

ひらいた文庫本のかげで、創也の表情はわからない。

「その正体は、バグなのか、それともちがうのか？　楽しみだね」

ぼくは、こういうときの創也が、いちばんこわい。

なにを見ているのか、なにを考えているのか……。凡人のぼくには理解できない。

ぼくは、大きく息を吐く。そうしないと、創也が遠くにいってしまいそうな気がしたからだ。

雰囲気をかえるため、ぼくは創也が読んでいた本をゆびさす。

「ずいぶん古い本だけど、おもしろいのか？」

「ああ、これか――」

本を見る創也。

「バグは、どこにでもあるよ。ゲームの世界にかぎらずね」

ぼくには理解できないことをいった。


日暮れが近づいて、ぼくらはダイニングに集まった。

栗井栄太の四人。ぼくと創也。堀越親子。金田さんと水上亜久亜さん。そして、名前を知らない〝自分探しの旅人〟さん。

髪をほどいて巫女装束を着がえている亜久亜さん。そうしていると、ふつうの女子高生みたいだ。

創也に気づいた亜久亜さんは、かるく頭をさげる。（ぼくのほうは、チラッと見たていど）

かるくほほえんで、会釈をかえす創也。

そのようすを、「えっ！」という目で見る堀越美晴。

ぼくは、おばあちゃんにいわれたことを思いだす。

「嵐がくるまえには、かならず予兆があるんだよ。獣がさわいだり、みょうな耳鳴りがしたり、いつもとはちがう向きで風が吹いたり」

「それに気づいたら、どうするの？」

質問するぼくの頭に手をのせて、おばあちゃんは答えた。

「できるだけ身を守ることさ。でないと、嵐にまきこまれて、長生きできないだろうね」

おばあちゃんの目は笑っていなかった。

ありがとう、おばあちゃん。ぼくは、嵐がくるサインを見のがさないようにするよ。

ジュリアスは、黙々とプラモデルをつくっている。映画『未知との遭遇』にでてくるような、UFOの模型だ。

ダイニングのテーブルには、さまざまな料理がならべられている。キャンドルスタンドには、ゆらゆらゆれるろうそくの炎。——すこし彩りのよくない料理もあるが、気にしないでおこう。

なんのためにここにいるのかをわすれてしまいそうなくらい、豪華な雰囲気。

神宮寺さんが、ぼくらを席につかせていった。

「ディナーにはすこし早いが、そのあとの予定もあるので用意させていただいた」

神宮寺さんが、料理を手で示す。

「わがスタッフの柳川くんと鷲尾くんが用意したものだ。柳川くんがつくったほうの味については、保証する」

「柳川くんがつくったほう」——つまり、鷲尾麗亜さんのつくった料理については、味の保証がないというわけだ。

話にでた柳川さんは、照れるわけでもなく、ヘッドホンから流れる音楽をきいている。

鷲尾さんは、「さあ、召しあがれ」というほほえみをうかべている。

ぼくは、彩りのよくない料理に注意することにした。

「じゃあ、出席を確認しまーす」

楽しそうなジュリアス。模型をかたづけると、クリップボードを見ながら名前をよぶ。

「ジャパンテレビの堀越隆文さんと、堀越美晴さん」

「はーい！」

手をあげて元気に答える堀越ディレクター。その袖を、堀越美晴が恥ずかしそうにひっぱる。

「金田昭之助さん」

「はい」

短く、するどく答える金田さん。堀越ディレクターとは重みがちがう。

「森脇誠さん」

〝自分探しの旅人〟が、かるく手をあげた。

「水上亜久亜さん」

亜久亜さんは、返事のかわりに頭をさげる。

「竜王創也さんと内藤内人さん」

創也は黙礼。ぼくは元気に返事をする。

ジュリアスがクリップボードから顔をあげる。

「二階堂卓也さんは、どうしたんですか？」

「参加の連絡は、ぼくらふたりしか、してないはずだが――。どうして、卓也さんのことをきくんだい？」

そうきく創也に、ジュリアスが答える。

「あなたたちが参加するということは、もれなく二階堂卓也さんがついてくると思っていましたから」

ぼくの頭の中で、「金銀パールプレゼント」の音楽がひびく。

肩をすくめる創也。

「彼は、転職活動でいそがしいんだ。ここにはこないよ」

「そうですか……。それは残念です」

「きみたちには、さいわいなんじゃないかな？　卓也さんがきたら、ぼくらの戦力がアップするからね」

すると、ジュリアスは、キョトンとした顔になった。テーブルの神宮寺さん、麗亜さん、柳川さんを見る。

神宮寺さんは苦笑している。その顔は、「なにか勘ちがいしてないか？」っていってるようだ。

「残念ね、いい男は何人でもきてほしかったのに……」

麗亜さんは悲しそうにいうと、バッグから、ハンカチではなく棒ドーナツをだした。

「夕食まえだよ」

ジュリアスに駄菓子をとりあげられ、さらに悲しそうになる麗亜さん。

柳川さんは、

「料理を一人前へらさないといけないな」

ボソッとつぶやいた。

「あのナイスガイに、わたしの手料理を食べてほしかったわ」

愁いをおびた表情で、麗亜さんがいう。

強がっているのではない。彼らは、心の底から自信を持っている。

創也にも、それはわかったのだろう。なにもいわず、うでを組んだ。


夕食がはじまった。

名前もわからない料理だが、ものすごくうまい。——いや、彩りのいいほうばかり食べてるんだけどね。

「おお、この料理は、どれもこれもおいしいですね。ジャパンテレビには『料理はアートだ!』という番組があるんですが、ぜひでていただきたいですね」

ナイフとフォークを持った堀越ディレクターが、感動の声をあげる。

『料理はアートだ！』は、いろんなおいしい料理を集め、十人の審査員が得点をつけていく番組だ。

「興味ない。料理は食えればいい」

柳川さんは、そっけなく答える。

もし柳川さんが料理人なら、ほめてもらえば、うれしいだろう。でも、彼はゲームクリエイター。ほめてほしいのは、料理ではなく、ゲームだ。

「わたしがつくったものもいかがですか？」

おしとやかな声の麗亜さんが、堀越ディレクターに、彩りのよくない皿をさしだす。

一瞬、堀越ディレクターはためらった。でも、彼の警戒心はそこまでだった。

「美人の手料理をいただけるとは、光栄ですね」

キザなせりふをいってから、料理を口にいれた。

瞬間——。

「……失礼」

立ちあがった堀越ディレクターは、ダイニングから急ぎ足ででていく。脂汗を流しながらも、ほほえみを絶やさなかったのは、さすがだ。

そのようすを見て、神宮寺さんとジュリアス、柳川さんが目を伏せる。

そういや、まえにジュリアスから聞いたけど、麗亜さんの料理は、獣を捕る罠として使えるそうだ。（生け捕りにするには不向きだともいってた）

ぼくは、彩りのよくない皿を、そっとテーブルの中央へおす。

まわりを見ると、みんなフォークの先で皿を遠ざけていた。

堀越ディレクターがもどってきた。心なしか顔色が悪い。

「思いだしました。わたしは、父親の遺言で、美人がつくった料理を食べてはいけないといわれていたんです」

「おじいちゃん、いつ死んだの？」

びっくりしていう堀越美晴を、チャイチャイと手で制す堀越ディレクター。

「残念ですが、あなたの料理は来世でいただくことにしましょう」

それだけ早口でいうと、堀越ディレクターは目を伏せた。

「さて、食事をしながら聞いていただこう」

神宮寺さんが立ちあがる。

「まず最初に、お礼をいわせてもらう。大々的に公表しなかった『IN塀戸』の情報に気づき、こうして山奥までできていただいたことに感謝する」

神宮寺さんが頭をさげた。

同じようにジュリアスも礼をする。

麗亜さんはニッコリほほえみ、柳川さんは目をとじて音楽をきいている。

「では、『IN塀戸』のゲームについて説明させていただこう」

さて、ここですこし、RPGについて解説させていただこう。(——といっても、創也からの受け売りやインターネットで調べたことをまとめたんだけどね)

もともとRPGというものは、数名で遊ぶテーブルゲームの一種だった。

機械は使わない。専用のルールブックとサイコロ、筆記用具などを用意し、ゲームはプレイヤー同士の会話で進められた。

かんたんにRPGというものを定義するなら、「架空の世界で、自分に割りあてられた役になりきり、さまざまな判断を下し、行動していくゲーム」といえるだろう。

ゲームには、さまざまな「問題」が設定されている。

魔物のすむ地下迷宮から脱出するもの。ギャングスターにのしあがるもの。龍をたおして姫を助けだすもの……。じつに、さまざまだ。

それぞれのプレイヤーは、「キャラクター」という性格をあたえられる。ゲーム中、プレイヤーは、そのキャラクターに応じた行動をしなくてはならない。

プレイヤーは、キャラクターの能力を使い、問題を解決していく。自分のキャラクターで解決できない場合は、ほかのキャラクターと協力し、自分の能力のたりない部分を補完する。

栗井栄太や創也が考えているR・R・P・G(リアル・ロールプレイングゲーム)は、テーブルの上のゲーム盤(ばん)や、コンピュータRPG(ロールプレイングゲーム)の世界ではなく、この現実世界にRPGを持ちこんだものだ。

R・RPGプレイヤーは、現実世界の中で動き、考え、謎(なぞ)を解かなければならない。

もちろん、個々がかってに動いているだけでは、ゲームとして成立しない。それらの調整をするのが、「ゲームマスター」の役割だ。

今回の『IN塀戸(インVADE)』で、ぼくと創也がわかっているのは、ゲームの名前だけだ。

自分たちのキャラクターは?

どんな問題がおこるのか?

——ぼくらは、なにも知らない。

「まず、ゲームの背景だが——」

神宮寺さんのことばに、ぼくらは全員、神経を集中させる。

「なにがおこるかわからない——このひとことだな」

ニヤリと笑う神宮寺さん。

そんな、某ノベルスの宣伝コピーみたいなことをいわれても、ピンとこない。

「なにがおこるかわからないとは、どういう意味ですか？」

堀越美晴がきいた。

「ことばどおりの意味だよ、おじょうちゃん」

神宮寺さんが答える。

「すでに『IN塀戸』のストーリーは完成している。長い巻物に書かれたそのストーリーは、時間がたつにつれ、徐々に姿をあらわす。ところが、きみたちの行動によって、そのストーリーはどう変化するかわからない。だから、おれはいったんだ——『なにがおこるかわからない』と」

「…………」

「『IN塀戸』のプレイ部分には、いくつかのステージがある。すべてのステージが終了するのは、あさっての正午だ」

「ステージがはじまるのは？」

創也がきいた。

「それは、そのうちわかるよ」

あいまいに答える神宮寺さん。

「それではまず、それぞれのキャラクターを知ってもらおう」

神宮寺さんが指を立てると、ジュリアスがノートパソコンをテーブルにのせ、キーをおした。

「みなさんのパーソナルデータをもとに、春さんがランダムに各人のキャラを決定しました」

「春さんって、だれ？」

ぼくがきくと、

「このコンピュータの名前です」

ささいなことを気にするんじゃないって顔になるジュリアス。

「ナイスなネーミングだね」

と、創也はうれしそうだ。

創也とジュリアスは、ネーミングのセンスでわかりあえる部分が多いんだろう。

ジュリアスが、モニターにでたデータを読む。

「金田さんは『廃墟愛好者』です。会社を定年退職したあと、各地の廃屋を見て歩くのを楽しみにしているかたを演じてください」

重々しくうなずく金田さん。命令にうなずく兵士のようだ。

そして、心配そうに見るぼくにいった。

「だいじょうぶ。こう見えても、ロールプレイングゲームは得意なんだ。というのも、定年後はひまを持てあましててね。ゲームぐらいしか、することがなかったから」

つづいて、ジュリアスがいう。

「森脇さんは『UFO研究家』です。UFOを、未確認飛行物体というより、宇宙人の乗り物と認識してる研究家です。そのため、まわりからは、ういてる存在です」

苦笑する森脇さん。

そういや、ジュリアスがさっき、UFOのプラモデルをつくっていた。あれも、ゲームに関係あるんだろうか?

「堀越ディレクターは『プロカメラマン』です。各地に残る日本の美しさを、映像で伝えていく仕事をしています」

「このわたしにピッタリです」

ほほえむ堀越ディレクター。

「堀越美晴さん、竜王創也さん、内藤内人さんの三人は、中学校の『天文部部員』です。連休を利用して、この塀戸村（べいどむら）にやってきました。ここは空気がきれいですからね。星を見るには最適です」

「ふむ。なかなかいいね。ぼくは星を見るのが好きだから――」

眼鏡を指で直す創也。

そんな創也を、うっとり見る堀越美晴。

ぼくは、星に関する知識を自問自答する。

確実に知ってるのは北極星。これは、おばあちゃんに教えてもらったから、わすれない。あとは、北極星の見つけ方。――以上。

「あれ？」

モニターを見ていたジュリアスが、首をかしげる。そして、助けを求めるように神宮寺さんを見る。

横からモニターを見た神宮寺さんは、ニヤリと笑った。

「なるほどな。これが春さんの判断か――」

神宮寺さんが、ジュリアスにうなずく。

ジュリアスは、すこしためらったあと、いった。

「二階堂卓也さんは、天文部の『引率(いんそつ)教師』です」

「ちょっと待ってください」

創也が話をとめる。

「卓也さんは欠席なんですよ。そんな人にキャラクターをふるというのは、ゲームとして欠陥(けっかん)があるということじゃないでしょうか」

「ゲームの構成を心配していただかなくても、けっこうだ」

神宮寺さんがピシリという。

「春さんが二階堂卓也にキャラ振(ふ)りしたということは、彼(かれ)が『IN塀戸(インVADE)』に参加するってことだ。おれは春さんの判断を信じるよ」

「……卓也さんが、くる」

それだけいうと、創也はだまってしまった。卓也さんが参加するというコンピュータの判断が、とてもこわいんだろう。

「水上亜久亜さんには、村に残った『村人』のキャラをやっていただきます。そのままのキャラクターですから、むずかしくはないと思います」

亜久亜さんが、うなずく。

「それから、栗井栄太側のキャラクターですが、まず柳川博行さんは、ペンション『マロン』の『オーナー』です」

無言の柳川さん。

「つづいて、鷲尾麗亜さんですが――」

そこで、ジュリアスのことばがとまった。首をかしげたあと、いくつかキーを操作する。さっきよりも不思議そうな顔だ。

「どうした、ジュリアス？」

「春さんが故障したみたいなんだ。こまったな……。予備のコンピュータを持ってきてないし……」

ジュリアスが神宮寺さんにいった。

神宮寺さんもモニターを見て、頭をかかえる。

「これはひどいな。こんなバグははじめてだ」

「わたしのキャラで、どんなバグがでたのよ？」

モニターをのぞきこんだ麗亜さんが、

「なんでこれがバグなのよ！」

ペロペロキャンディをふりまわす。

「わかった、麗亜！　おれたちと春さんの負けだ！」

悲鳴をあげる神宮寺さん。ジュリアスが、あわてていう。

「鷲尾麗亜さんは、『料理研究家』です。ペンション『マロン』の料理の評判を聞きつけ、やってきました」

「まさに、わたしにはうってつけのキャラクターね。さすが、春さん！」

胸を張る麗亜さん。

横から創也が、小声でいってくる。

「以前、栗井栄太の家のあたりに、カラスがたくさん集まるようになったんだって。でも、麗亜さんの料理が残飯としてでてからは、一羽もいなくなったそうだ。自治会から感謝状をもらったって、ジュリアスがいってた」

「………………」

おそるべし、麗亜さんの料理。

ジュリアスが、キャラクターの発表をつづける。

「そしてぼく、ジュリアス・ワーナーは、『料理研究家の弟』——なんだよ、これ！」

ノートパソコンにむかって文句をいうジュリアス。もちろん、春さんは答えない。

麗亜さんは、ルンルンしている。

「うれしいわ、かわいい弟ができて。お姉さまになんでもいってね。お菓子あげようか？」

バッグをさかさまにして、テーブルに駄菓子をぶちまける麗亜さん。

ジュリアスは笑顔で顔をそむける。

「ほんとうに、春さんの調子がおかしいな。『弟』じゃなくて、『息子』のまちがいなんじゃないか……」

すかさず麗亜さんの手が、ジュリアスの口にのびる。

「そういう小憎らしいことをいうのは、この口かしら？」

ジュリアスの口がひっぱられ、ゴムのようにのびた。神宮寺さんと柳川さんは、見て見ぬふり。

栗井栄太ご一行さま内の力関係がよくわかる光景だ。

赤くなった口もとをおさえながら、

「以上が各人のキャラクターです。一部分をのぞいて、それぞれが演じやすいように春さんが決定したものです。ゲームがはじまったら、そのキャラクターらしく動いてください」

〝一部分をのぞいて〟のところを、小声でいうジュリアス。

あれ、神宮寺さんは、どんなキャラクターなんだ？

みんなの視線に気づいた神宮寺さんが口をひらく。

「おれはゲームマスター――『キャラなし』だ。『IN堺戸（インVADE）』がうまくロールするように、全体の調整をさせていただく」

そういう神宮寺さんの口もとから、犬歯がのぞく。

「『キャラなし』って、どういうこと？」

ぼくは、小声で創也にきいた。

「うーんと、つまり……」

ほおを指でかき、創也が説明してくれる。

「ゲーム全体を管理する者だよ。ゲームがスムーズに進行するように、さまざまな権限を持っている」

「それって、〝神さま〟みたいなもの？」

「そう思ってもいい」

なるほど。よくわかったような、わからないような……。

神宮寺さんがいう。

「さて、それぞれのキャラクターについては、わかっていただけたと思う。ゲームがはじまったら、それぞれのキャラクターらしい行動をしていただこう」

「質問がある」

森脇さんが手をあげる。

「キャラクターにあわせて行動せよということだが、『UFO研究家』のキャラは、どうすればいいんだ？」

「ペンションに泊まっていたら、ＵＦＯの観察をしにくいとは思いませんか？」

神宮寺さんがいった。

柳川さんが、テントの入った袋を持ってくる。

「『廃墟愛好者』は、当然、廃屋に泊まるわけですな？」

金田さんがきいた。

うなずく神宮寺さん。

「好きな廃屋をえらんで泊まってください」

血もなみだもない言い方だ。

「だいじょうぶですか、金田さん？　こういってはなんですが、ご老体にはきびしいのではないでしょうか？」

堀越ディレクターがいうけど、その言い方には、「自分はペンションに泊まれるもんね。ラッキー！」という気持ちがふくまれている。

「ご心配なく。野営には、なれています」

創也が、ぼくの脇腹をつつく。

「きみのおばあさまって、金田さんに似てるんじゃないか？」

うーん、いわれてみれば、似てるような似てないような……。

ジュリアスが、パソコンの画面を見ながらいう。

「マロンの部屋割りですが、ぼくと麗亜さん、柳川さんは一階です。堀越ディレクターと美晴さんは、それぞれ、ひと部屋ずつ使ってください。竜王創也さんと内藤内人さんは、いまの部屋をそのまま使ってください。そのとなりの部屋は、一つあけておいてください」

「どうして？」

質問する創也に、ジュリアスが答える。

「『引率教師（いんそつ）』がおくれてやってきたときに使ってもらうと、春さんは、いってます」

「…………」

だまりこむ創也。

しかし、卓也さんがやってきたら、その段階で『IN塀戸（インVADE）』をプレイするどころではないような気もする……。

「さて——。もうすこししたら、ステージ開始だ」

腕時計（うでどけい）を見て、神宮寺さんがいう。

「それでは、各自、それぞれの場所でステージ開始を待っていただこう」

「ちょっと待った。ステージがはじまったって、どうやってわかるんだ？」

森脇さんが手をあげた。

ニヤリと笑う神宮寺さん。

「それは、説明しなくてもわかるようにしてある」

そして、ほかに質問はないか、みんなを見まわす。

「最後にきかせてください」

創也が口をひらく。

「R・R P G（リアル・ロールプレイングゲーム）とはいえ、これはあくまでも現実ではない。ゲームの世界です。プレイヤーの安全は確保されているんですか？」

すると、神宮寺さんはニヤリと笑った。

「当然だ。ゲーム制作には命をかけてもいい。だが、ゲームは命をかけてプレイするものじゃない」

「それを聞いて安心しました」

創也がうなずいた。

ぼくもホッとする。もっとも、どこまで信用できるか、わからないけどね。

「それでは諸君――」

神宮寺さんが、二本の指をチャッとふった。

「Good luck（グッドラック）!」

おまけの01

卓也、怒り（いか）の鉄拳（てっけん）

TAKUYA（タクヤ）, Fist of Fury（フィスト オブ フューリー）

——軽い。

ためしに、矢吹は右ストレートを打ってみた。

ビシュ！

まるで、うでに加速装置がついているような感触だ。なんの抵抗もなく、こぶしがでる。

ためしに、フックもアッパーも打ってみる。

空気を切り裂く音がひびく。

——最高のコンディションだ。

矢吹は満足だった。

ただ、道ゆく人は、とつぜんシャドーボクシングをはじめた矢吹を、気味悪そうに見つめて、足早に通りすぎた。

矢吹はプロボクサーだ。

デビュー戦を二ラウンドKOでかざってから現在まで、四戦無敗。つぎは、いよいよ東洋タイトルマッチをひかえている。

——だいじょうぶ。この調子なら、まちがいなくタイトルをとれる。

思わずこぶしをにぎりしめ、笑いをこらえる矢吹。

「目をあわせちゃダメ！」

小さな子の手をひき、矢吹からはなれるおばさん。

——いやいや、ここで気をゆるめてはいけないんだ。『堪忍袋(かんにんぶくろ)の緒(お)をしめよ』ということばもある。

矢吹の得意なのはクロスカウンター。苦手なのは、ことわざ。

——さあ、ロードワークだ！

走りだす矢吹。

そんな矢吹を、町の人は、なまあたたかい目で見送った。

矢吹は、走りながら考える。

いつものロードワークなら、つぎの信号を右に曲がらなければならない。そして、折り返し地点の公園で、ストレッチとシャドーボクシングをするのが習慣だ。

しかし——。

矢吹は交差点で立ちどまる。

野性の本能が、彼に警告する。

公園にいってはいけない。

——……。

すこし考えて、矢吹は左の道をえらんだ。

——公園では、あの男が待ってるんだ……。

そう思っただけで、矢吹のほおを冷たい汗が流れた。

あの男——矢吹と同じアパートの住人、二階堂卓也のことである。

プロテストのまえ、デビュー戦のまえ——重要なときになると、矢吹は公園で卓也につかまった。そして、『シャドー保育』や『保育士拳』の練習につきあわされた。

——あの人は……無敵だ。

矢吹は思いだす。

——おれのパンチは、あの人に一つもあたらない。だが、あの人には、おれをいつでもKOできる余裕がある。

矢吹にとって、卓也の存在は脅威だった。

——おれが東洋チャンピオンになっても、あの人には勝てないだろう。いや、世界チャンピオンになったとしても……。

悪夢からにげるように、矢吹は走るスピードをあげた。

駅前にでる。

あしたからの三連休をまえに、通りにはたくさんの人があふれている。

その華やいだ空気に、矢吹の気持ちも軽くなる。

——考えすぎだな。

走るスピードをおとし、矢吹は汗をふく。

——プロテストのまえもデビュー戦のまえも、おれの神経はピリピリしていた。だから、二階堂さんのことを、必要以上に強いと思ってしまったんだ。

目の前をハエが飛んでいる。

ピシッ！

矢吹の右ストレートが放たれる。あたる寸前、ハエは方向をかえた。

しかし……。しばらく飛んだハエが、ポトリと落ちる。

パンチの風圧で、矢吹はハエを落としたのだ。

――だいじょうぶ。おれは強い。
矢吹は肩の力をぬいた。
顔をあげると、デパートの前。
――気晴らしに、ウインドーショッピングでもしようかな。
矢吹が苦手なのは、ことわざ。得意なのは死語。

目的もなく、デパートの中を歩く。
色とりどりの商品。楽しそうにいきすぎる買い物客。
しぜんと、矢吹のほおもゆるむ。
――いつもリングという荒野で闘ってるおれには、こういう安らぎが必要なんだ。
すると、前のほうに人だかりがしている。
――なんだ?
楽器販売コーナーの一角だ。
人だかりのむこうから、ピアノの音が聞こえてくる。
その音を聞いて、矢吹はおどろいた。

——ピアノって、こんなにきれいな音をだすんだ……。

矢吹は、目をとじて耳をすます。

耳から入ってくるピアノ曲。

彼の頭に、緑の高原と、はてしなく広がる青い空がうかぶ。麦わら帽子をかぶった男の子が、入道雲にむかって走っていく。

矢吹は感動していた。

そして、ピアノを弾いている人物を見たいと思った。

かろやかなフットワークで、人だかりの前にでる。

最前列にでた矢吹は、ピアノを弾いている人物を見た。

こちらに背中をむけている。ネギ坊主みたいなアフロヘア。黒い背広姿の男だ。

男のうでが大きくふりあげられ、鍵盤にたたきつけられる。

「最終楽章だな」

矢吹のとなりで、うでを組んで立っているおじさんがいった。うすよごれた半袖シャツに腹巻きをしている。

「いやあ、まったくみごとなもんだ。こんな演奏は、四十年まえにドイツできいて以来だ」

おじさんは、さかんに感心している。

「あの人、プロなんですか？」

矢吹は、ピアノを弾いている男をゆびさし、おじさんにたずねた。

「さあなぁ。でも、数年まえにきいたアルフレッド・ブレンデルや、ポーランドできいたクリスチャン・ツィメルマンに、勝るとも劣らない腕前だとは思うぜ。なにより、ラフなかっこうで気楽にきけるのがいいじゃねえか。好きなときに感想もいえるしな」

おじさんが洟をすすった。

「たしかに、彼の腕前は超一流です。しかし、プロではないですね」

そういったのは、おじさんとは反対側にいる男だ。

きっちりと背広を着こみ、髪の毛をビシッと固めている。

「わたしはときどき、このデパートへくるんですが、彼は展示用のピアノをよく弾いています。プロがそんなことをするでしょうか？」

背広の男のことばに、おじさんは、うんうんとうなずく。

「プロでもアマチュアでもいいや。こんだけの演奏を生できけるんだからな」

おじさんは、じつにうれしそうだ。

その横で、信玄袋を持ったおばあさんがいう。

「あんたら、アフロマンの演奏、あんまりきいてないんだね」

おばあさんの自信にあふれたことば。

「アフロマン？」

矢吹がつぶやくと、おばあさんは親切に教えてくれる。

「わたしゃ、あの人のことを、そうよんでるんだよ。あの人も、『アフロマン』て呼び名を気に入ってな、ほれ――」

おばあさんが信玄袋を見せる。

「サインもしてくれた」

信玄袋には、角ばった几帳面な字で、「アフロマン」と書いてある。

ピアノの音がとまった。アフロマンの演奏がおわったのだ。

きいていた人たちから拍手がおこる。

アフロマンは、まったく気にもせず、両手をもみほぐす。

矢吹も、しぜんに拍手していた。音楽に関する知識を持っていない彼だが、それでも男の演奏がすばらしいことはわかった。

アフロマンが、手を頭の上にのばし、すわりなおした。

「つぎの曲ですね」

背広の男がいう。

ざわついていた人だかりが、しずかになった。

ピアノの音が流れはじめる。

「おっ、リストの『ハンガリー狂詩曲』の第六番変ニ長調じゃねえか」

おじさんが、両手をパンとたたく。

「いいねえ。こんなデパートの楽器売り場で、まさかこの超絶技巧の曲がきけるたぁ、思ってもみなかったぜ」

矢吹は、おじさんにきく。

「この曲、むずかしいんですか？」

「まあな。『ハンガリー狂詩曲』は第二番嬰ハ短調もむずかしいが、この第六番変ニ長調も、なかなかのもんなんだぜ」

「はあ……」

二番や六番といわれても、矢吹にはピンとこない。

——カラオケじゃあ、一曲で三番くらいしかないのに、クラシックは長いんだなあ……。

そう思うだけだった。

「あんちゃんも、よくきいてろよ」

おじさんが矢吹に解説する。

「この曲はな、十六分音符の休みない連続オクターブで、メロディーを奏でるんだ。うまく力をぬかないと、疲れるうえに、きれいに弾けない、手強いやつなんだ」

「たしかに、ものすごい速さで弾いてますね」

感心する矢吹に、おじさんは首をふった。

「だいじょうぶなのかねえ。この曲は、最後にプレストまで速度があがる。いまのスピードでバランスがとれるのかな……?」

「プレストって、なんです?」

「速度標語だ。アレグロよりさらに速い『very fast』(ひじょうに速く)って意味だ」

おじさんが、すばらしい発音でいった。

——これより、まだ速くなるのか。

矢吹はおどろいた。

すでにアフロマンの指は、目にもとまらぬ速さで、鍵盤(けんばん)の上をおどっている。

その指を見ていると、雨あられのようにふりそそぐ、ジャブのラッシュをうけてるような気分になった。

——このアフロマンが、指をにぎって、こぶしを固めたら……。

矢吹ののどがゴクリと鳴った。

——そのパンチは、ジェット戦闘機(せんとうき)より速いだろう……。

そのとき、人だかりの中で、だれかがさけんだ。

「手入れだ!」

人だかりがくずれ、みんないっせいに、にげはじめる。信玄袋(しんげんぶくろ)のおばあさんも、信じられないスピードで消え去る。

なにがおこったのかわからない矢吹は、うろたえる。

通路のはしから数人の男が走ってくるのが見えた。みんな、デパートの制服を着ている。

矢吹の目は、先頭を走ってくる男の胸に「フロア主任」という文字を読みとった。

「矢吹くん、こっちだ!」

ピアノの前から立ちあがったアフロマンが、矢吹の手をとる。

そして、すごいスピードで走りはじめた。

——あれ？　なんで、アフロマンは、おれの名前を知ってるんだ？

「わたしだよ、矢吹くん」

アフロマンが、自分の髪の毛を持ってひっぱる。ネギ坊主みたいなアフロヘアがスポンととれ、その下からあらわれたのは二階堂卓也の顔だった。

矢吹は、つぎの東洋タイトルマッチに暗雲がひろがるのを感じた。


「ほら、保育士って、ピアノが弾けないとダメだろ」

いつもの公園。

デパートから走ってにげてきた矢吹と卓也は、ベンチにすわって休んでいる。

「いや、ピアノが弾けなくても、すばらしい保育士はたくさんいるよ。でも、わたしは、自分が弾くピアノで、園児にお遊戯をさせてあげたいんだ」

「……立派な心がけですね」

矢吹は、いった。そういいながらも、彼は帰るタイミングをさがしていた。

——はやく、この場をにげだすんだ。ダメージをうけるまえに。

卓也は立ちあがる。

「ピアノの修業(しゅぎょう)をしようと思ったのだが、わたしたちのアパートにピアノをおくのは、すこしむりがある」

矢吹はうなずく。四畳半(よじょうはん)にピアノをおくのはむりだ。なにより、ピアノをはこぼうとしたら、重みで廊下(ろうか)がぬける。

「だから、わたしはデパートの楽器売り場で練習したんだ。店にめいわくをかけるのは悪いと思ったのだが、それ以上に、わたしの保育士になろうとする気持ちは強かった」

目をキラキラさせていう卓也。

矢吹は、なかなか立ち去るタイミングがつかめない。まるで、コーナーに追いつめられたような気分を味わっていた。

——フットワーク！　フットワークを使うんだ！

立ちあがる矢吹。

すかさず、卓也はその手をとった。

「おお、矢吹くんは、わたしの情熱を理解してくれるんだね。ありがとう、ありがとう！」

はげしく矢吹の手をふる卓也。ふりほどこうにも、ほどけない。

――クリンチだ！　レフェリー、はやくはなしてくれ！

矢吹は息をととのえ、一つ、気になってることをきいた。

「保育士になるのに、どうしてあんなむずかしい曲を練習してたんですか？」

「『リスト　ピアノ曲集』という本が、ピアノの上にのってたんだ」

「………」

「これでも気をつかってたんだよ。かってに商品を使わせてもらってるんだからね。練習は、店員さんに見られないように、こそこそと。練習のまえには、かならず手を洗う。それに、ぼくの正体が知られて、会社にめいわくをかけるのもいやだからね。かつらを使って変装までした」

卓也が、ポケットからアフロのかつらをだす。

「でも、独学であんなむずかしい曲が弾けるようになるんですか？」

「二か月かかったけどね」

――あの指の動きを二か月で身につけたのか……。やっぱり、この人は最強だ。

「それに、むずかしい曲が弾けるということは、かんたんな曲も弾ける――そういうことじゃないかな？」

むずかしい曲が弾けるということは、かんたんな曲も弾ける――そのことばが、矢吹の胸を打つ。

——つまり、強い相手をたおせるということは、弱い相手もたおせるということだ。

矢吹の目が卓也を見る。

——そうだ。この男をたおせば、世界チャンピオンにだって勝てるんだ。

矢吹が、こぶしを固めた。

——おれは、この男をたおす！

そんな矢吹の気持ちに気づかず、卓也はすこし照れたようにいう。

「でも、まだ、『むすんでひらいて』も『チューリップ』も弾けないんだよね」

矢吹は、卓也の背後にジリジリとせまる。攻撃の組み立てを考える。

——最初はセオリーどおり、左ジャブから……。いや、待て。この人にセオリーはつうじない。いきなり、全体重をのせた右ストレートをだすんだ！

大きく息を吸い、こぶしをだそうとした瞬間、矢吹の動きがとまった。

——なんだ……。なにをしてるんだ。

卓也は、木の葉にむかって何度も指をのばしていた。

風でゆれる木の葉。その中心部に、卓也の指がつき刺さる。

「………」

矢吹は信じられなかった。

卓也のとなりにならぶと、自分も木の葉にむかってかまえる。

ビシッ！

右ストレートが、木の葉にあたった。木の葉は枝からはなれ、地面に落ちる。

「いいパンチだ。さすがプロボクサー」

卓也がいう。

「わたしも、矢吹くんみたいに、はやく一人前の保育士になりたいよ」

「………」

矢吹は、なにもいえない。

不安定にゆれる木の葉。あるていどのスピードがあれば、パンチで木の葉を落とすことはできる。しかし、指で穴をあけようとしたら……。

──どれだけのスピードが必要なんだ……。

矢吹は、卓也とのレベルのちがいにゾッとした。

──まだだ。いまのおれでは、まだこの男に勝てない。

矢吹は自分のこぶしを見る。

——とりあえず、東洋チャンピオンになろう。そして、最終的に世界をとるんだ。世界チャンピオンになったら、堂々と、この男に挑戦しよう。

体に力がみなぎってくるのを感じる。

——そうしたら、この公園で世界最強戦をやるんだ。

決意を新たにした矢吹に、卓也がいう。

「でも、採用試験のまえに指を動かすことができてよかったよ。じつは、あしたからの三連休、保育園の試験が連続であるんだ。二十四の保育園から募集案内がきてるからね。どこか一つくらいは、わたしの情熱を買ってくれるはずだ」

卓也がほほえむ。

「連休明けには、わたしも保育士になってるよ」

矢吹は、卓也の話を聞いて首をひねった。

「採用試験、あしたからあるんですか？」

「そうだよ」

「三連休ですよ。ふつう、保育園もお休みじゃないですか？」

それを聞いて、卓也のほほえみが凍った。

彼は首をふって、矢吹にいう。

「でも、ほら――」

背広の内ポケットから、二十四通の封筒をだす。

「ちゃんと案内状もきてるんだ。まちがいないよ」

矢吹は案内状を手にとり、読む。

「念のために電話してみたらどうですか?」

矢吹のことばに、卓也は携帯電話をだすと、番号をおした。

携帯電話を耳にあて、

「あっ、もしもし――」

そういったまま、卓也の動きがとまった。

「どうしたんですか?」

矢吹がきくが答えない。瞬間冷凍されたみたいに固まっている。

矢吹は、そっと手をのばし、卓也から携帯電話をとった。耳にあてると、

「……おかけになった電話番号は、現在使用されておりません。番号をおたしかめのうえ、もう

一度おかけなおしください……」

くりかえされるメッセージ。

「ダッ、ダメだな。緊張して番号をおしまちがえたようだ」

卓也は、携帯電話をとりもどすと、べつの案内状にある番号をおした。

「やめろ、二階堂さん！　かけないほうがいい！」

矢吹がいうが、そのことばは卓也にとどかない。

「……おかけになった電話番号は、現在使用されておりません。番号をおたしかめのうえ、もう一度おかけなおしください……」

ふたたびくりかえされるメッセージ。

卓也は案内状をバサバサとひろげ、また番号をおした。

その鬼気せまる表情に、矢吹は動くことができない。地面にしりもちをつき、ふるえるだけだった。

矢吹の呪縛が解けたのは、卓也の手の中で携帯電話がバキッという音をたて、粉々になったときだった。

バラバラと地面に落ちる携帯電話の部品。

「二階堂さん……だいじょうぶですか？」

矢吹に声をかけられても、卓也は答えない。うつろな目で案内状を束ねると、それをいっきに引き裂いた。

風に飛ぶ案内状。

でも卓也は、公園にゴミを捨ててはいけないと思ったのか、すぐに案内状と携帯電話の破片をひろいはじめる。

「矢吹くん……」

地面を這いまわりながら、卓也はいった。

「わたしは、なんとしても保育士になるよ。そして、かわいい園児たちと、毎日を楽しくすごすんだ」

「それがいいですね」

矢吹は答えた。

――よかった。そんなにショックをうけてないようだ。

ホッとする矢吹。しかし――。

「だがそのまえに、かわいげのない中学生に、しかるべき報いをくらわせてやらないとね」

そういう卓也を見て、矢吹は心臓がとまりそうになるほどの恐怖(きょうふ)をおぼえた。

卓也の全身から、はげしい殺気が立ちのぼっている。

木で休んでいた鳥たちが、いっせいに飛びたった。


後日、東洋タイトルマッチを制した矢吹は、インタビューにこう答えた。

「対戦相手への恐怖？　そんなものありませんよ。もっとこわいことを経験しましたからね」

第二部

ゲーム開始

01

日が山のむこうにしずんだ。

都会の夜になれた者にとって、山の夜はおどろくほど暗い。

「いよいよだね」

創也は、さっきから部屋の中をグルグル歩きまわっている。

動物園のクマでも、こんなに勤勉にまわったりしない。

「いったい、どんなふうにゲームははじまるんだろうね？」

「そうだな……」

ぼくは考える。

「敵に扮(ふん)しただれかが、寝(ね)てるあいだにおそってくるんじゃないかな」

もしそうなら、かんたんに入ってこられないよう、罠(わな)をしかけたり、いろいろ準備をしないといけない。

ぼくのアイデアに対し、創也はフンと鼻を鳴らし、肩(かた)をすくめた。

なにもいわなくてもわかる。バカにしてるんだ。

「いまからプレイする『IN(イン)塀戸(VADE)』は、だれがつくったか知ってるかい?」

わかりきったことをきいてくる創也。

「栗井栄太だろ」

ぼくが答えると、

「That's right(ザッツライト)! ――栗井栄太が、そんなおもしろみのない平凡(へいぼん)なオープニングを用意するとは思えない」

……よくわかりました。

おもしろみのない平凡なアイデアしか考えられないぼくは、だまってることにしよう。

創也は、ブツブツいいながら部屋の中を歩く。もし動物園に、ブツブツつぶやきながら檻(おり)の中を歩きまわってるクマがいたら――イヤだなあ……。

「さて、栗井栄太は、どんなオープニングを用意してくれたのか。おそらく、プレイヤー全員が予想もつかない派手なものを用意してるはずだ」

創也が立ちどまった。あごに手をあてて考えこむ。

ぼくは創也にきく。

「もし創也なら、どんなオープニングを用意するんだ?」

ぼくのすてきなアイデアを、おもしろみのない平凡(へいぼん)なものだという創也のことだ。きっと、すごいアイデアを聞かせてくれることだろう。

「そうだな……」

創也は、窓ぎわにいくと、カーテンをあけた。

「まず、空飛ぶ円盤(えんばん)を飛ばすね」

円盤を飛ばす! ——ちょっとそれは、むりがあるんじゃないか……。

ぼくが口をパクパクさせてるのにもかまわず、創也がいう。

「キャラ設定を聞いていて気づいたんだけど、栗井栄太は、ぼくらの目を空にむけたがっている」

たしかに、創也のいうとおりだ。

ぼくらは『天文部部員』。森脇さんは『UFO(ユーエフオー)研究家』。金田さんは『廃墟(はいきょ)愛好者』だけど、こわれた屋根から空がよく見えるだろう。

「それに、ジュリアスがUFO（ユーエフオー）のプラモデルをつくっていた。あれも、『IN塀戸（インVADE）』に関係してるような気がしてね」

「いや、それでもUFOを飛ばすってのは——」

ぼくが反論しようとしたとき——。

ズガーン！

窓の外で、ものすごい爆発音（ばくはつおん）がした。

ガラスだけじゃない。ペンションの建物までふるえた。

……なんだ？

ぼくらは窓をあけて、外を見た。

森のむこうに炎（ほのお）が見え、夜空よりも黒いけむりがのぼっている。

創也が、ぼくに目をうつす。

彼（かれ）の表情——もう、うれしくってさけびだしたいのを、がまんしてる顔。こんな創也、はじめて見た。

「さあ、はじまった！　これが、『IN塀戸』のオープニングだよ」

「……いったい、なにがおこったんだ？」

「かんたんな話さ。空飛ぶ円盤が落ちたんだよ」

創也が宣言する。

「ステージ開始だ！」


ぼくらは一階におりる。

地図で、爆発音がしたのは『風神の屏風』の方角だと確認した。

ホールには、すでに六人の人間がいた。

堀越ディレクターと堀越美晴、麗亜さんとジュリアスの姉弟（笑）、オーナー役の柳川さんだ。

神宮寺さんだけは、みんなからすこしはなれた場所で、かべにもたれている。ゲームがはじまったいま、神宮寺さんはゲームマスター――ここにはいるんだけど、いない人間だ。

そう、すでにゲームははじまってるんだ。

「さっきの爆発は、なんですか？」

創也が柳川さんにきいた。

「わかりません。なにか爆発したのはたしかですが……」

柳川さんの返事。

横から、堀越ディレクターが口をだす。

「飛行機が落ちたんじゃないでしょうか？　それとも、ヘリコプターとか……」

なるほど、これが常識的な大人の考え方だろう。

柳川さんが、大きなマグライトを二つ持つ。

「もし飛行機が落ちたのなら、助けにいかないといけません。堀越さん、いっしょにいってくれますか？」

そういって、マグライトを一つ、堀越ディレクターにわたす柳川さん。ふだんは無口だけど、いまは、しぜんに話している。

「ぼくらもいきます」

ぼくがいった。棒読みではない、自然な口調。つまり、ゲームの世界じゃなくても、ぼくならこういってるだろうということだ。

創也を見ると、無表情。あれ？　爆発(ばくはつ)現場にいきたくないんだろうか？

「竜王くんがいくのなら、わたしもいきます！」

堀越美晴がいった。

創也がいくのなら自分もいくということは、創也がいかないのなら自分もいかないということで、その条件に、ぼくの存在はまったく関係ない。

「ぼくもいきたい！」

ジュリアスがいったけど、麗亜さんに却下（きゃっか）される。

「ダメです。お姉さまのいうことをききなさい」

「そう、ここはおちつきましょう」

両手をひろげる柳川さん。そして、創也にきいた。

「きみたちの先生は、どうしたんだい？」

すると、創也は肩（かた）をすくめた。

「ぼくらも知りません。きっと、新しい転職情報誌を買いに、山をおりたんじゃないでしょうか？」

うーん、アドリブにしては、あまり上手なせりふじゃないな。

「そうか……。ここは、大人の男性がひとりでも多くいてほしいところなんだけど」

そして、柳川さんは、みんなを見まわす。

「子どもや女性がいっても、危険なだけです。ぼくと堀越さんが、現場にいってきます。ほかのみなさんは、部屋で待っていてください」

「妥当な判断だな。この状況で、中学生のガキが爆発現場にいくことを、良識のある大人が許可するはずがない」

ゲームマスターの神宮寺さんがいった。

そして、自分用のマグライトを持つと、外へでていく。

柳川さんが、ホッとした顔になる。

「携帯電話は使えないんですか？」

創也がきくと、首を横にふる柳川さん。

「塀戸村の中は、電波がとどかないんだ」

そして、柳川さんと堀越さんは、ペンションをでていった。

「あーあ、いきたかったな……」

頭のうしろで手を組むジュリアス。

「あきらめなさい。かわりに、お姉さまが本を読んであげるから」

麗亜さんは、ジュリアスの姉役をよろこんでやっている。でも、ジュリアスのひきつった笑顔には気づいてないいんだろうか？

「部屋に帰っても、興奮して寝られないわ。ねえ、オーナーたちが帰ってくるまで、トランプでもして起きてましょうよ」

堀越美晴が、おもに創也にむかっていった。

ぼくが賛成しようとすると、

「いや、今日は山歩きをして疲れてしまった。悪いが休ませてもらうよ。堀越くんも部屋にもどりたまえ」

創也がぼくの前に立ち、いった。

口をパクパクさせるぼく。酸素不足の金魚になった気分だ。

創也が、堀越美晴に手をふる。

「睡眠不足は美容の敵だよ。あしたの朝、ぼくは、いつもどおりのすてきな笑顔に会いたいな」

このことばで、堀越美晴は笑顔で部屋に帰った。

「さあ、ぼくらも部屋にもどろうか」

創也が、ぼくの背中をおす。

ぼくは、まだ酸素不足の金魚状態だった。

「どういうつもりだ？」

部屋に帰ったぼくは、創也にいう。

「爆発現場にいこうとせず、おとなしく部屋にもどったことかい？」

創也は、ケロッとした顔をしている。

「ちがう！　せっかく堀越美晴がいっしょにトランプをしようっていってくれたのに、ことわったことだ！」

「そっちか……」

ため息をつく創也。

こいつ——自分がしでかした罪の大きさに、まったく気づいていない。くらわしてやらねばならん、しかるべき報いを！

ぼくは創也の胸ぐらをつかむ。

「健全な中学二年生男子にとって、女の子とトランプするってことは、『試験に出る英単語』を千個おぼえることより重要なんだ！」

「おちつきたまえ、内人くん」

創也が、ぼくの手をやんわりはなす。

「きみは、ぼくらがなぜここにいるのかを、わすれてないか？」

「堀越美晴とトランプするためだろ」

やれやれというように肩をすくめる創也。

「『IN塀戸』をプレイし、栗井栄太に勝つためだよ」

……ああ、そうだった。

「ようやくわかったようだね」

創也が、ぼくの肩をポンとたたく。

「というわけで、ドラえもん、タケコプターをだしてくれないか」

え、タケコプター？　っていうことは……。

創也がうなずく。

「いまから、この部屋をでて、爆発現場にむかう。あの状況で、どれだけいきたいといっても、反対されるのはわかりきってたからね」

なるほど。だから、おとなしく部屋にもどったのか。

「この状況で、ぼくらがおとなしくしてたら、うそだと思わないかい？」

たしかに。

「ザッツライトだよ、創也」

ぼくは部屋を見まわした。

使えそうなものは……シーツくらいしかない。

デイパックから、おばあちゃんにもらったナイフをだした。

おばあちゃんとはじめて山へ入ったときのことを思いだす。

いろいろ不安で、たくさんのものを袋につめこむぼくに、おばあちゃんは、いった。

「万全の準備は安心を生むけど、人をしばる」

小さいぼくは、おばあちゃんのいってることがわからなかった。

「おばあちゃんの荷物は？」

そうきくぼくに、おばあちゃんは、割烹着のポケットから一本のナイフをだした。

「それだけ？」

「そう、これだけ」

おばあちゃんは、ニカッと笑った。

——けっきょく、おばあちゃんのいったことが理解できたのは、山に入ってからだった。

荷物が重くて動けなくなったぼくを、おばあちゃんは見てるだけだった。

「いいかい、内人」

おばあちゃんが、ぼくにいった。

「山にはなにもないけど、なんでもあるんだよ。このナイフ一本で山に入れるようになったら、一人前だ。あともう一つ必要なものは、このばあちゃんが教えてやるから」

「もう一つ？ ナイフ以外に、いるものがあるの？ ――水かな？」

すると、おばあちゃんは、ぼくの胸をゆびさした。

「どんな状況(じょうきょう)でも生きて帰ってこようとする気持ちだよ。その気持ちは、どんな装備よりもたいせつだ」


――ありがとう、おばあちゃん。まだぼくは一人前じゃないけど、〝気持ち〟だけは持ちつづけてるからね。

ぼくは、ナイフでシーツを切る。そして、細く切ったシーツを三本よりあわせる。

ロープのできあがりだ。

創也にもつくらせようとしたんだけど、あいつがつくったロープに、体重をまかせる気にはなれない。

ロープのはしは、重くて頑丈そうな木製ベッドの脚にくくりつける。

思いっきりひっぱったら、ベッドがすこし動いた。でも、問題はないだろう。

「ダイニングのテーブルだったらよかったのにね」

創也がいった。

「どうして?」

「きみは気づかなかったのかい? ダイニングのテーブルは、床に固定されてたじゃないか」

そうだったのか。それにしても、みょうなことに気づくやつだ。

ロープの一方のはしを、窓から垂らす。

外を見ると、ロープは地面にとどいていた。十分な長さだ。

「タケコプターは?」

ぜいたくをいう創也を無視し、ぼくはロープを持つ。

「でも、卓也さんがいないのは、ほんとうにラッキーだ」

創也がいう。

「どうして?」

「だって、卓也さんがいたら、絶対、部屋からぬけだすって

見抜(みぬ)かれるからね。爆発(ばくはつ)がおきた時点で、ぼくらは、しばられて部屋にとじこめられるだろう」

……たしかに、そのとおりだろう。だれよりも創也の性格を知りぬいてる卓也さんだから。

まず、最初にぼくがロープを使って地上へ。

つづいて創也も、あぶなっかしい動作で、なんとかおりてきた。

地上に立ったぼくらは、なにもいわず、たがいに親指をだす。

さあ、風神の屏風(びょうぶ)へ出発だ。

02

ペンションの庭をぬけて、草だらけの道へ。

あかりは、星と月の光だけ。ぼくには十分だ。

風神の屏風(びょうぶ)の方角は、すぐにわかる。空気がこげるにおいのするほうへいけばいいんだ。

あとは、張りだしてる木の枝や足もとの不安定な石に注意すれば、段差の多い都会の道より歩きやすい。

ぼくのうしろからは、ビシッとかグワッという音が聞こえてくる。

ビシッというのは創也が木の枝にあたった音で、グワッというのは、創也が浮き石(うきいし)に足をとられたときの悲鳴だろう。

「つくづく思うんだけど……」

背後から創也の声。

「きみは、山の中にいると、生き生きしているね」

……ぼくは、いつだって生き生きしてると思うんだけどな。

道をはずれ、森の中へ。

木のあいだをぬける。創也の悲鳴が多くなる。

風神の屏風(びょうぶ)が近づくにつれて、オイルのこげるにおいや木の燃えるにおいが強くなる。おばあちゃんがいたら、絶対に近づいちゃいけないっていわれるにおいだ。

前方が、火で明るい。

とつぜん木がなくなり、視界がひらける。

ヤバイ！

ぼくは、手近な枝をつかんでストップ。うしろからきた創也の首根っこをつかんでとめる。

「なにをするんだ」

文句をいう創也の足もとから、石ころが落ちた。

高さ二十メートルくらいの崖(がけ)だ。

ぼくがとめなかったら、自分が落ちていたことに気づいた創也は、文句をひっこめる。

火が燃えているのは崖の下だ。

前を見ると、崖をはさんで、視界いっぱいに岩かべがそびえ立っている。

あれが風神の屏風だろう。

岩かべの上のほうから、火のすじが下までつづいている。

つまり、飛行物体は、風神の屏風にぶつかり、落ちたというわけだ。

飛行物体は、まだまだ派手に燃えている。

「あそこから、なんとか下におりられないか？」

創也が、二十メートルくらい左をゆびさした。

ぼくはとめる。

「やめたほうがいい。柳川さんたちがいる」

燃える飛行物体のそばに、四つの長い人影。

柳川さんと堀越ディレクター。すこしはなれたところにいるのは神宮寺さんだろう。

すると、あとひとりは……。

「金田さんと森脇さんのどっちかだね」

ぼくがいうと、創也は、

「可能性としては森脇さんだね」

と断言した。

「どうして？」

「地図を見ると、風神の屏風のそばに廃屋はない。風神の屏風に近いぼくらは気づいたが、『廃墟愛好者』の金田さんは、はなれた廃屋の中にいて爆発に気づいてないかもしれない。いっぽう『UFO研究家』の森脇さんは、テントで寝ている。夜空を見て、UFOをさがしていたかもしれない。どちらが爆発に気づきやすいか考えると、あそこにいるのは森脇さんだろう」

なるほど。

「それにしても、栗井栄太はお金をかけてるね」

創也が、燃えている飛行物体を見ていう。

「残骸の中に翼やプロペラは見えない。あきらかに飛行機やヘリコプターとはちがう飛行物体だ。全体的な雰囲気は、ロズウェルで墜落したUFOに似てるね。よくできている」

創也がつぶやく。

「そして、下にいる人たちも、落ちたのは空飛ぶ円盤だと認識しただろう。問題は、このつぎだ」

「問題？」

「これは、まったくの想像だけどね」

創也がこういう言い方をしたときは、「謙遜して〝想像〟ということばを使ってるけど、ほぼ〝正解〟だからね。そこんとこ、よろしく！」という意味だ。

「ある本で読んだんだけど――。何百年、何千年もの時間がかかる宇宙旅行では、肉体がもたない。だから、意識体だけを宇宙船に乗せる方法がいちばんいいと書いてあった」

「………」

話がいっきにSFっぽくなる。創也は平然とつづける。

「つまり、あの円盤には意識体の状態の宇宙人が乗っていたんだ。その意識体は、これからどうするか？　円盤がこわれて、意識体を生存させておくことはむずかしい。一刻もはやく肉体を求めるはずだ」

「つまり？」

「だれかに寄生しようとする」

そのことばを聞いたとたん、なんだか背すじがムズムズした。

ということは、あそこにいる四人――いや、神宮寺さんをのぞいた三人のだれかが……。

「そう、寄生されるはずだ」

ぼくのほおを、冷たい汗が流れる。

いっぽう、創也はうれしそうだ。

「よかったよ、ここへきて。円盤の墜落現場も見られたし、だれがそこへやってきたかも知ることができた」

炎の光が、創也の顔に不気味な陰影をつける。

「これだけの情報をえて、ぼくたちは有利になった」

そのとき、ぼくは、墜落現場の近くの崖に大きな裂けめがあるのに気づいた。ずっと露出していた裂けめじゃない。むきだしになった岩や土がしめっている。円盤の爆発で、以前からあった裂けめがあらわれたんだろう。

下にいる人たちは、あいだに藪が茂っているため、裂けめに気づかない。

「創也――」

「ん？」

「あそこに裂けめがあるの、見えるか？」

「どこ？」

創也が体を動かしたら、彼の足もとから大きな石が落ち、ガラガラと音をたてた。

まずい！

ぼくと創也は、地面に伏せた。伏せる瞬間、神宮寺さんがこちらを見たような気がした。

伏せたまま、ズリズリとあとずさり。

崖からすこしはなれたところで、ぼくは創也にいう。

「裂けめがあるんだ。あそこへおりる道がないか、手分けしてさがそう」

無言でうなずく創也。

ぼくは右に、創也は左に別れる。

崖から落ちないように気をつけながらしらべていると、懐中電灯で照らされた。

「やっぱり、おまえさんたちか」

神宮寺さんだ。懐中電灯を消して、ぼくに話しかける。

「相棒は？」

「むこうで、裂けめにおりる道をさがしてます」

「ほう、あれを見つけたか」

暗くて表情はよくわからないけど、神宮寺さんの声は、うれしそうだ。

「で、いまの段階で、おまえさんたちはどこまでわかったんだ?」

ぼくは、さっき創也から聞いたことを神宮寺さんにいう。
・落ちたのは空飛ぶ円盤。
・円盤には、意識体の形で宇宙人が乗っていた。
・意識体は、地球人に寄生しようとしている。
「墜落したのが空飛ぶ円盤ってことまで考えたら合格だと思ってたんだが、なかなかやるじゃないか」

神宮寺さんの、この言い方。

ということは、創也のいったことは、みんなあたってるというわけだ。

「そこまでわかったのなら、つぎへのヒントをださないとな」

神宮寺さんがタバコをだして、火をつけた。

ライターの光にうかぶ神宮寺さんの顔。陰影がつきすぎて、こわい。

「円盤に乗っていた宇宙人は――」

神宮寺さんが、指を一本のばす。

「ストーリーをつくるとき、おれたちは、この宇宙人を『バオー』とよんでいた」

バオー？　どうしてそんな名前なんだ？

「バオーは、まずひとりの地球人に寄生する。その後バオーは、つぎからつぎへと地球人に寄生し、仲間をふやしていくわけだ」

タバコのけむりを吐(は)く神宮寺さん。

ぼくには、なんだか、体の中からちがう生命体を吐きだしてるように見えた。

「いまのところ、ゲームマスターとしていえるのは、これくらいかな」

そして、神宮寺さんは、創也のいるほうに歩いていった。


「バオーねえ……」

もどってきた創也に神宮寺さんとの話をすると、創也はいやそうな顔をした。

「どうしてバオーなんて名前をつけたんだろう？」

ぼくがきくと、創也は、あっさり答える。

「来訪者だからだろ」

……さっぱりわからない。

けっきょく、裂(さ)けめへの道は見つからず、ぼくらはマロンへ帰ることにした。

森をぬけ、道にでたところで、急に声をかけられた。

宇宙人？

ぼくらはおどろき、とびあがった。

「ああ、ごめん。ビックリさせちゃったね」

懐中電灯を持った森脇さんだった。

あれ？　森脇さんって、墜落現場にいたんじゃなかったっけ？

そうきくと、

「いや、いまきたところだよ」

森脇さんは首を横にふった。

ということは、さっき現場にいたのは金田さんということになる。

「きみたちは、墜落現場にいってたのかい？」

森脇さんにきかれ、近くまでいっていたと答えた。

「四人の人が集まってました。柳川さん、堀越さん、金田さん、神宮寺さんです」

「なんだ、もうそんなに集まってるのか。じゃあ、おれは、いくのやめた」

投げやりにいう森脇さん。

「いいんですか？　ＵＦＯ研究家なら、いくのが自然な行動のように思いますが」

創也が非難するようにいった。

「いいんだよ。ＵＦＯってのは未確認飛行物体なんだ。興味があるのは飛行してる物体。墜落したものに興味はないね」

手をヒラヒラふりながら、森脇さんがいった。まったく、すごい理屈だ。

「きみたち、ペンションに帰るのかい？」

ぼくらはうなずく。

「じゃあ、おれのテントに寄っていけよ。きみらから話を聞けば、わざわざ現場にいかなくてもいいし、ちょうどいい」

懐中電灯で、自分の顔を下から照らす森脇さん。子どもみたいなことをする人だ。

森脇さんのテントは、会った場所からすぐ――森をぬけたところにある畑のまん中に張ってあった。

ぼくのイメージの中にあるテントより、はるかに大きい。

「なかなかいいだろ。設営するのもかんたんだったし、立派なテントを持たせてくれたよ」

ぼくと創也、森脇さんの三人が入っても、十分余裕がある。

テントのすみには、袋に入ったキャンプ用品。そのほとんどの使い方がわからない。そういや、ぼくはテントの張り方も知らない。

そういうと、創也が目を丸くした。

「ほんとかい？　じつに意外だね」

「どうして？」

「だって、きみはアウトドアの達人じゃないか」

創也がいうけど、ずいぶん誤解されてるようだ。

「あのね、創也。ぼくは、べつにアウトドアが好きなわけじゃないんだよ。どちらかというと、都会にいるほうが好きなんだ」

「うそだ！」

「ほんとだよ。だって、都会のほうが便利で快適じゃないか。電気もガスも水道もある。山の中だと、本も読めないしゲームもできない」

「…………」

「それに、おばあちゃんと山へ入るときは、キャンプ用品なんか持たないからね。使い方も知らないよ」

ぼくは、手近にあった小さな鏡もちみたいなものを持つ。

森脇さんが、

「それはバーナーだよ」

って教えてくれたけど、これのどこをどうすれば火がつくか想像もできない。

ラジオみたいなものもあったけど、こんな山の中で電波が入るんだろうか？

「食料もいっぱいありますね」

創也のことばどおり、水の入ったペットボトル、ビスケットの入った袋、レトルト食品の箱などがあった。

「ああ。コーヒーもあるから、ごちそうしよう。もっとも、インスタントだけどね」

手なれた感じで森脇さんが、バーナーや小さななべ、金属のカップを用意する。

見てると、とっても便利そう。

ぼくはきいた。

「森脇さんは、こういう道具にくわしいんですか？」

「まあね。あちこち旅してるし、基本的なことはわかるよ」

そういえば、森脇さんのイメージは、〝自分探しの旅人〟だった。

「きみたちは中学生だろ。いいね、夢があって」

ぼくらをまぶしそうに見る森脇さん。

「おれも二十年まえは、きみたちみたいだったんだよな。いったい、どこでまちがえちゃったんだろう？」

「森脇さん、ほんとうのお仕事は、なにをやってるんです？」

「いつもはフリーターって答えてる。でも、ほんとうは冒険家（ぼうけんか）だな」

ぼくらは、なんの反応もできない。冒険家って職業の人に、はじめて会ったからだ。

創也がぼくをチラッと見る。ぼくは、冒険家なんてあぶない仕事に、興味ないからね。

ニヤッと笑う森脇さん。

「笑ったら、ぶんなぐってやろうと思ったんだが、きみたちは笑わないな」

大きく伸（の）びをする森脇さん。

「大学を卒業するとき、どういうわけか、ふつうの就職をする気になれなかった。会社案内のパンフレットを見てて、初任給がいくらで、定年まで働いたらいくらかせげるかを考えたら、なんだか就職する気になれなかった」

「………」

「それ以来、定職についたことはない。まったくこまった性格だよ。夢は一攫千金だな」

そうはいってるけど、自分の生き方を悔やんでるようには見えない。

森脇さんが、ぼくと創也にきく。

「それで、墜落したのは、どんなものだったんだい？」

ぼくらは、見たものを森脇さんに話す。

「翼もプロペラもなかったわけか……。すると、やはり円盤なのかな」

「まちがいありません。これは、ゲームマスターもいってました」

「じゃあ、いまそこへいったら、宇宙人にやられるかもしれないな。よかった、いかなくて」

目をキラキラさせてる森脇さん。

「それにしても、どんな宇宙人なんだろう？　エイリアンみたいなやつかな？」

創也が首を横にふる。

「肉体を持った宇宙人ではありません。意識体です」

「意識体？」

よくわかってない感じで、森脇さんがいった。

「じゃあ、取り憑かれたりするのかな?」

創也がうなずいた。

そして、とつぜん思いだしたようにいった。

「ああ、そういえば、小さな洞窟みたいなものも、あらわれてましたよ」

「洞窟?」

興味を示す森脇さん。

「ええ。それは崖の上からしか見えません。墜落現場にいた人たちは、あいだに藪があったので気づいてないでしょうけど、たしかにありました」

創也が「そうだろ?」というようにぼくを見る。ぼくはうなずく。

「土や岩でかくれていたんだと思います。それが、爆発の衝撃であらわれたんでしょう」

「ふーん、そいつは円盤の墜落よりおもしろそうだな」

懐中電灯を持つ森脇さん。

「ちょっと、いまから見にいってみるよ」

——というわけで、コーヒーを飲むまえに、ぼくと創也はテントを追いだされた。

森脇さん、せっかちすぎ……。

道にでたぼくらは、ペンションへの道を歩く。

「さて、このあとのことだが、まず、だれがバオーか見極める必要があるな」

創也がいった。「バオー」っていったときに、口もとをゆがめる。よっぽどいいたくないみたいだ。

あれ？

「…………」

「どうかしたのかい？」

だまりこんでいるぼくに、創也がきいてきた。

「……気づかないか？」

ぼくは、前を見たまま小声でいう。

さっきから、首すじがチリチリしている。虫に刺されたのでもないのに……。

まえに山で同じ経験をしたことがある。そのとき、おばあちゃんはいった。

「若い野犬かなにかがついてきてるんだろ。こちらが強いか弱いか、さぐってるんだよ。足音が聞こえるまでは心配ない」

「どうして、相手が若いってわかるの？」

「獲物をおそうのになれた肉食獣は、相手の足もとを見る。首すじを見ると感づかれるからね。それを知らないのは、狩りの経験が少ない〝びぎな〟だよ」

おばあちゃんがいった〝びぎな〟が、初心者という意味だってわかったのは、中学生になってからだ。

ぼくは大きく息を吐く。

さいわいなのは、いま背後にいるものが、相手をおそうことになれてないってことか……。

ぼくは創也にいう。

「さっきから、なにかがついてきてる」

「えっ？」

「ふりかえるな」

うしろを見ようとした創也をとめる。

ふりかえっても、この闇では創也の目では見えない。それに、ぼくらが追跡に気づいたってわかったら、相手も行動にうつるかもしれない。

「首すじがチリチリしない？」

「……ぜんぜん」

創也に、こういう感覚を求めるのはやめよう。

「すこし早足で歩くぞ」

「えっ……ちょ、待っ！」

創也を無視して、スピードをあげる。なかばころびながら、創也がついてくる。

彼のギャッ、グワッという悲鳴にまじって、追跡してくるものの足音が聞こえた。

ラッキー！

ついてきてるのは野犬じゃない。人間だ。それも、足音を殺して夜の山を歩くのになれてない人間。これなら、なんとかなるかもしれない。

「こっちだ！」

ぼくは、創也の手をひくと、道のわきの藪に突入。

「ちょ——そっち、道じゃない！」

文句をいう創也を無視！

藪をぬけ、森の中を走る。

河原にでた。小川ともいえないような、細い川が流れている。

「そうか。川に入って、においを消すんだね。よくテレビや映画で見るよ」

創也がいった。

ぼくは、ため息をつく。

「ふつうに川に入ったくらいじゃ、においは消せないよ」

「どうして？」

「もぐらないかぎり、頭が水面からでてるだろ。頭からのにおいがあれば、獣は追ってこられる」

こんどは、創也がため息をついた。

「でも、追ってくるのは獣じゃない。人間だ」

それだけいって、ぼくらは上流にむかって走る。

竹藪を通りぬけ、石垣をとびこえる。手をひっぱられてる創也が、石垣にぶつかる。

石垣のむこうは、いまは草だらけだけど、畑だった場所だ。

わきに四つ、農具小屋がならんでいる。

ぼくらは、いちばんおくの小屋の戸をあけ、中にとびこんだ。

四畳半くらいのせまい小屋。

かたい土の床。かべには、備中鍬やバール、鎌、ワラで編んだなわがかかっている。

すみにあった岩を戸の前におく。その他諸々、まわりにあったものを、ふたりで戸の前に積んだ。

おくのかべのところに、肥料の袋が山積みになっている。

ぼくと創也は、その山のうしろに体をおしこむ。

「追跡者をまけたかな？」

創也がきいてくるけど、なんともいえない。

「ぼくひとりなら、まけたかもしれないけどね。創也をつれてるから、スピードをだせなかった」

……。

「ひょっとして、きみは、ぼくのことを気遣っていたというのかい？　よくいうね。これを見てくれ」

創也が自分の顔やうでをゆびさす。

いたるところに、切り傷や、すり傷。

あとで赤チンをぬってやろう。——もっとも、無事にペンションにもどれたらの話だけど……。

「教えてくれ、創也。ついてきてるのは、だれなんだ？」

ぼくは小声できく。

「そんなの、ぼくが知るわけないだろ！」

「考えるのは、おまえの仕事だろ！」

「むりだ。データがない！」

「シッ！」

ぼくは創也の口を手でおさえた。

ドンドンドン！

いちばんはなれた小屋の戸をたたく音だ。

ぼくと創也は、口をおさえ、肥料袋（ひりょうぶくろ）のかげで体を小さくする。

ドンドンドン！

ドンドンドン！

音は、だんだん大きくなってきた。

そして、ぼくらがいる小屋の戸がたたかれた。

ドンドンドン！

だが、戸はあかない。ぼくらがバリケードをつくったからだ。

ドンドンドン！

ドンドンドン！

そして、不意に戸をたたく音がやんだ。

全身を耳にする。小屋の外の気配をさぐる。

ハァハァという息づかい。草をふむ音。

ガサガサいう音に、カチッという音。

追跡者（ついせきしゃ）は、なにをしてるんだ？

やがて、それらの音が消えた。

足音が遠ざかる。

「……いったかな？」

「……いったんじゃないかな？」

足音が聞こえなくなってから、脈拍（みゃくはく）を六十回かぞえる。

そして、ぼくらは大きく息を吐（は）きだした。

「いまのはだれだったんだろう？」

肥料袋（ひりょうぶくろ）の裏から這（は）いだし、ぼくはいった。

「ふつうに考えて、さっき墜落現場にいただれかだとは思うんだが――」

創也のことばが、そこで切れる。

断言するには、あまりに異質な感じがしたからだ。

なんていえばいいんだろう？

ぼくらを追いつめようとしていた人物――鬼気せまる迫力があった。

見つかったら命にかかわる危険がある。ぼくは、本能的にそう感じた。

「ひょっとしてさ……」

ぼくは、できるだけ冗談めいて聞こえるようにいう。

「落ちたのは本物の円盤で、本物の宇宙人がおそってきた――なんてことはないよね？」

「あたりまえじゃないか。いくら栗井栄太とはいえ、そんなのは不可能だ」

創也も、明るく答える。

でも、目が笑ってないんだよな。

そのとき、パチパチという音が聞こえてきた。つづいて、かべのすきまから、なにか白いものが入ってくる。

ぼくはギョッとして白いものを見る。

不定形型の宇宙人が、すきまから入ってきたんじゃないかと思ったんだ。

「――安心したまえ。宇宙人じゃない。これは、ただのけむりだ」

創也も、ぼくと同じことを考えていたんだろう。ホッとした口調でいった。

ふう、よかった。ただのけむりなら、こわくない。

いや……ちょっと待てよ。

なんで、けむりが入ってくるんだ？

パチパチという音が、だんだん大きくなってきている。

これは……火のはぜる音？

「ヤバイ！　火をつけられた！」

ぼくは、あわてて戸をあけようとするが――あかない。

なにも考えずに創也が積みあげたバリケードのせいだ。

「よくそうやって、心の棚（たな）に自分をのせることができるね。きみも、一心不乱にバリケードをつくっていたじゃないか」

創也の不満そうな声。

気のせいか、小屋の中の温度がどんどんあがってきてるようだ。

「さっきのガサガサいう音は、戸の外に薪を積んでいたんだろう。さて、焼け死ぬのがさきか、充満したけむりで窒息するのがさきか——」

冷静に分析する創也。

こういう状況では、創也のおちついた態度がたのもしい。

ぼくはきいた。

「それだけ冷静でいられるってことは、なにか脱出する策があるんだな」

「え?」

きいたぼくがバカだった。

しかし、創也におこってる場合じゃない。

ぼくたち、絶体絶命……。

いや、おちつくんだ。なにか助かる方法があるはずだ。

そう、こういうときは、パニックをおこすのがいちばんダメなんだ。

おちつけ、おちつけ!

創也にもそういうと、

「安心したまえ。ぼくは、おちついてるよ」

創也は肥料袋にこしかけ、ほほえむ。

ぼくは不思議になってきいた。

「この状況で、なんでそう、おちついていられるんだ？」

「ここは山の中。いってみれば、きみのホームグラウンドだ」

創也が、ぼくをゆびさす。

「きみといれば死ぬことはない」

「……はあ」

ぼくは、ため息をつく。

でも、ここまで信頼されたら、なんとかするしかないよな……。

そう、ここは山の中。ぼくは、おばあちゃんから、かならず生きて帰ってくるように教えられている。ここで死んだら、おばあちゃんにおこられてしまう。

ぼくは小屋の中を見まわす。

町中の小屋とはちがって、土の床だ。ということは……。

ぼくは、かべにかかった備中鍬を二本持つと、一つを創也にわたした。

肥料袋をどけて、おくのかべの下を掘るようにいう。

「そうか。火をつけられたのは、戸のほう。おくのかべの下に穴を掘って脱出するんだね」

すこしちがうよ、創也。でも、いまは説明してる時間がもったいない。

床の土は、かたくふみかためられている。鍬を使っても、なかなか掘れない。

背中が熱い。

でも、五センチくらい掘ったら、ようやく、かべの下が見えてきた。

ここは山の中につくられた農具小屋。きちんとした基礎工事などなく、地面にそのまま建てられているという考えは、あたった。

ぼくは、バールを持ってくると、かべの下にさしこんだ。

「創也、バールの下に、なにか支点になるものをかましてくれ」

ここまできたら、説明しなくても創也は理解できる。

小屋にあったつけもの石を支点に、小屋を持ちあげるんだ。

「ぼくに支点をあたえよ、そうすれば農具小屋ぐらい動かしてみせる！」

「……盗作っぽいせりふだね」

創也が、きびしい批評をする。

ぼくらはバールをさしこみ、力いっぱい下におした。

思ったより軽く、小屋は持ちあがる。

創也が、できたすきまに肥料袋(ひりょうぶくろ)をはさむ。新鮮(しんせん)な空気がサーッと入ってくる。

ぼくらは、すきまから這(は)いだした。

フーッ……。

03

四つの農具小屋が燃えている。

ぼくは、森の木に火がうつらないよう、小屋のまわりの草を鎌で刈る。

「その鎌、どうしたんだい？」

創也がきいてくる。

「農具小屋の中にあったんだ。脱出するとき、草刈り用に持ってきた」

いいながらも、手をとめず、草を刈る。

刈った草は、そのまま火の中へ。

「まったく、きみはいい目をしてるね」

創也の感心したせりふ。

「しかし、鎌があったのなら、追跡者をこわがらなくてもよかったんじゃないか」

創也がいう。

「どうして？」

「鎌は武器になる」

「……これは武器じゃないよ」

ぼくは手の中の鎌を見る。

これは草などを刈る道具――農具だ。武器じゃない。

「きみは頑固だね。歴史を見てみたまえ。百姓一揆のときは、農民も鎌や鍬を持ったんだ。武器として使ってもいいじゃないか」

「昔さ――」

社会で一揆について習ったときだ。家に帰って話すぼくに、おばあちゃんが教えてくれたことがある。ぼくは、それを思いだした。

「一揆のときに農民が鎌や鍬を持ったのは、武器として使うためじゃないって、おばあちゃんがいってた」

「どういうことだい？」

首をひねる創也。

「自分たちのシンボルとして、一揆のときに鎌や鍬を持ったんだって」

おばあちゃんは歴史学者じゃない。でも、ぼくはおばあちゃんのことばを信じてる。

「農民は農業にプライドを持っていた。だから、農具を武器にしたりはしないよ」

だから、ぼくも鎌を武器にしない。

「……それ、きみのおばあさまがいったんだね？」

確認する創也。

「そうだよ」

「じゃあ、ぼくもきみにならおう。鎌は武器じゃない」

ニヤリと笑う創也。

そんな創也に、ぼくは、もう一つ持ってきていた鎌をわたす。

草を刈りおえると、ぼくらは鎌を火の中へいれた。

かつて塀戸村で使われていた鎌。もう使う人もいない。

ごくろうさまでした。塀戸村の土にかえってください。

三十分ほどで、農具小屋は燃えつきた。

ふう……。

まわりの草を刈ったので、山火事の心配はない。

ぼくらは、熱気とけむりがこないところまでさがると、すわりこんだ。

ずっとさわいでいた心臓もおちつく。

銀のつぶみたいな夜空の星が、まぶしい。

さてと——。

ぼくは、となりにいる創也の胸ぐらをつかむと、さけんだ。

「なんなんだよ、このゲームは！　もうちょっとで死ぬところだったんだぞ！」

「ぼくに文句をいうのは、すじちがいじゃないかな？」

創也の冷静な声。

「…………」

たしかに、創也のいうとおりだ。ぼくは彼の胸ぐらから手をはなす。

「でもさ、あぶなかったのは事実だ。殺されかけたんだぜ。神宮寺さんが命の危険はないって
いってたけど、うそだな」

「…………」

創也は答えない。真剣な顔で、なにかを考えている。

「どうしたんだ？」

「バグかもしれない……」

創也がつぶやく。

「それは、夢を食べるという伝説の獣？」

「きみのいってるのは貘。ぼくがいってるのはバグ——コンピュータ用語で、プログラムにふくまれる誤りや不具合のことだよ。プログラマーの予期しない動きをするから、システムの誤作動や破壊をもたらすこともあるんだ」

「…………」

まったく理解できないぼくに、創也がやさしくいう。

「つまり、ぼくらを追いかけてきて農具小屋に火をつけた者について、栗井栄太サイドは予測してなかったということだよ」

「ぼくらを殺そうとした者は、ゲームとは関係ないっていうのか？」

「おそらく」

「根拠は？」

「神宮寺さんがいったことばだよ。『ゲーム制作には命をかけても、ゲームをプレイするのに命はかけない』——このことばを、ぼくは信じる」

「…………」

しかたない。ぼくも信じよう。

でも——。

「ぼくらを殺そうとした者が『IN塀戸(インVADE)』と無関係だとして、いったいだれなんだ?」

「ぼくも、さっきからそれを考えてたんだ」

創也が人さし指をのばす。

「ぼくらを殺そうとした者——仮に『X』とよぼう。Xはゲーム参加者の中にいるだろうか?」

ぼくは考える。

——いる!

村の出入り口になっているトンネルは、何者かによって封鎖(ふうさ)されている。となると、ゲーム参加者の中にXがいるとしか考えられない。

創也もうなずいた。

「ぼくもそう思うよ。トンネルを通れなくしたのも、おそらくXだろうね」

つづいて、創也が二本めの指を立てる。

「では、Xの条件にあてはまる者をピックアップしよう」

ぼくはかぞえる。

「やっぱり、墜落現場にいた四人が、いちばんあやしいと思うよ」

金田さん、神宮寺さん、柳川さん、堀越ディレクターの四人だ。

「森脇さんもふくまれる。亜久亜さんについては、なんともいえないから保留。ジュリアスと鷲尾麗亜さん、堀越美晴の三人は、除外してもいいんじゃないかな？」

「どうして？」

「だって、ペンションで寝てるじゃないか」

ぼくが答えると、創也は肩をすくめた。

「ペンションで寝てるって断言できないよ。現に、ぼくらだって部屋をぬけだしてきている」

なるほど、もっともだ。

「でも、堀越美晴くんは除外できるかもしれない。あと、麗亜さんとジュリアスも――」

創也がいう。

「理由は？」

「その三人は、ぼくらより、あきらかに走るのがおそいからね」

「……じゃあ、亜久亜さんを除外しなかったのは？」

「彼女は、この山で生まれ育った。ぼくが考えてるより足が速いかもしれない」

創也は冷静だ。

「金田さんも高齢だから除外しようかと思った。でも、彼の動きは年齢を感じさせないからね」

そのとおり。

砦にこもってコンピュータばかり相手にしてる創也より、金田さんのほうが運動能力は高そうだ。

ここまでを整理すると――。

「あやしいのは、森脇さん、神宮寺さん、柳川さん、堀越ディレクター、金田さんの五人。亜久亜さんは、なんともいえない。――これでいい？」

ぼくがきくと、創也がうなずく。

「しかし、なによりわからない問題が残っている。それは、どうしてXは、ぼくらを殺そうとしたかってこと」

「それは……」

いわれてみれば、そのとおりだ。どこでうらみを買いまくってるかわからない創也とちがい、ぼくは他人(ひと)からうらまれるおぼえはない。まして、殺されるほどだれかに負の感情を持たれるなんて……。

そのとき、ぼくの頭にすばらしい推理がうかんだ。

ぼくは、創也といっしょにいたから、まきぞえになったんだ。ぼくには、なんの責任もないんだ。うん、そうにちがいない。

「創也。動機は考えなくてもいいんじゃないかな」

ぼくがいうと、創也はジトッとした目でにらんできた。

「いま、きみがなにを考えてるか、すごく気になるんだけどね……」

「そんなことより、現状を分析(ぶんせき)し、対策を立てることのほうが重要じゃないのかい?」

ぼくのまじめな口調に、創也は不満顔ながら、だまりこんだ。

気をとりなおして、創也は口をひらく。

「しかし、いままでの考えがすべてまちがいだったとすると……」

……まちがい?

「つまり、ゲーム参加者の中にXがいない場合——極論をいえば、Xが本物の宇宙人だった場合……。これだったら、ぼくらがねらわれたのも、宇宙人が無差別に地球人をおそってると考えれば納得できる」

「真剣？」

「…………」

質問するぼくの顔を、正面から見る創也。

ぼくらは、だまって一分ほど見つめあった。そして、同時にふきだした。

「創也、まじめな顔でいうんだもんな！」

「冗談にきまってるじゃないか！」

息が苦しくなるくらい笑ってから、創也がいう。

「もちろん、宇宙人の存在を否定はしない。この宇宙は、とてつもなく広いからね。地球人並み──いや、それ以上の文明を持った生物は、無数にいるだろうね」

創也が夜空を見上げる。

「でも、宇宙の歴史と広さは、文明を持った生物同士を出会わせるほど、せまいもんじゃない。単純に計算しても──」

創也がブツブツいいながら、なにか両手の指を折ってかぞえはじめる。木の棒をひろって、地面にわけのわからない数式を書く。

そして五分後、

「アフリカ大陸に、二匹(ひき)しかアリがいなかったとする。地球に文明を持った宇宙人がおとずれる確率は、その二匹のアリが出会うくらいかな」

「そんなに低いの！」

おどろくぼくに、創也はうなずく。

「人類が月へいったのは一九六九年。つまり、人類が宇宙へでるようになって、まだ約四十年しかたっていないんだ」

そうか……。まだ、そんなものなのか……。

「この四十年という時間が、宇宙が誕生してからの百五十億年の中では、どれほどの長さになるか——内人くんには想像できるかい？」

ぼくは、あいまいにほほえむ。そんなの想像できるはずないじゃないか。

あわれみの目でぼくを見る創也。

「百五十億年を、きみが生まれてから現在までの時間だとすると、四十年というのは約一秒にすぎない」

一秒！

四十年という時間の長さが、ぼくの人生の中では、たったの一秒……。

「すこしは理解できたようだね」

ぼくらは立ちあがった。

「宇宙人などという非現実的な答えににげず、もっと現実的に考えていこう」

「そうだな」

ぼくらは、ペンションへの道を歩きはじめる。

このとき、ぼくはだまっていた。村へ入ったときに見つけた頭蓋骨のことだ。

創也は、いった。薬品を使わないかぎり、長い時間をかけないと、こんなにきれいに白骨化しないと――。

創也は知らないんだ。薬品を使わず、長い時間をかけなくても、きれいに白骨化する方法があるってことを……。

それは、肉食獣が骨をしゃぶったとき。ていねいに、たいせつに、獣が骨をしゃぶったとき、きれいに白骨化する。

もし……もし、肉食の宇宙人が塀戸村の人間をおそっていたとしたら……。

すでに宇宙人によって村人は殺されていて、あの亜久亜さんは宇宙人に寄生されているとしたら……。

そこまで考えて、ぼくは頭をふった。

そんなバカなこと、あるわけないじゃないか。冷静になろう。現実世界とR・R・P・G(リアル・ロールプレイングゲーム)の世界の区別ができなくなってきている。

すると、頭をふったことで脳に刺激(しげき)がいったのか、さらにおそろしい考えがうかんだ。

ジワリと、額に汗(あせ)がうかぶ。

こんな——こんなこわい考え、ひとりでは耐(た)えられない。創也にも教えてやろう。

ぼくは、前を歩いている創也の肩(かた)に手をかけた。

ふりむいた創也にいう。

「卓也さんだ」

「……卓也さん?」

キョトンとする創也。

ぼくは、気持ちをおちつけて説明する。

「さっき農具小屋に火をつけたのは、卓也さんだ。そう考えれば、すべてに説明がつく。卓也さんなら、山道を走ってぼくらを追いつめるなんて、かんたんだ。ぼくらを殺そうとしたのは、にせの案内状をつくった創也に腹が立ったから」

「どうだい？」ときくように、ぼくは創也を見た。

月あかりの下、創也の顔が青い。

「卓也さんは、いま、就職活動でいそがしいはずだ。この塀戸村にいるはずがない」

「ペンションでの話を思いだせ。あのとき、栗井栄太のノートパソコン『春さん』は、卓也さんを欠席あつかいしなかった」

「……バカなことを」

ぼくのことばに、肩をすくめる創也。

「コンピュータは、ただの機械だ。万能の神じゃない。そんな……卓也さんが、ここにくるはずない」

「断言できるか？」

「…………」

創也は、だまって考える。反論しようと必死だ。

「だいいち、卓也さんは、ぼくのボディガードみたいなもんなんだぞ。その卓也さんが、ぼくらを殺そうとするはずないじゃないか」

そういう創也の声が、かすかにふるえている。

ぼくは現実をつきつける。

「『堪忍袋の緒が切れる』ってことば、知ってるだろ?」

「…………」

「いままでの不満と、今回のうそ案内状の件で、卓也さんがブチ切れたとしたら……」

それ以上は、おそろしくて声にできなかった。

ひょっとすると、ぼくらは核兵器のボタンをおしてしまったのかもしれないんだ……。

ペンションにつく。

シーツのロープをのぼろうとしたら、神宮寺さんに見つかった。

「よぉ。焼きいもでもしてたのか?」

神宮寺さんが鼻に指をあてる。火事さわぎで、ぼくらの体は、けむりくさい。

創也が、右のてのひらに、のばした左の指先をあてた。「タイム」のポーズだ。

「神宮寺さん、一つ確認させてください。『ゲームプレイヤーの安全は確保されている』――このことばに、うそはありませんか?」

肩をすくめる神宮寺さん。

「いまさら、あたりまえのことをきかないでほしいね」

「だったら、いいんです」

「おい——ちょっ、待てよ」

神宮寺さんが創也をとめた。

「なにかあったのか？」

ぼくと創也は、謎の人物に追いかけられ、農具小屋に火をつけられたことを、かんたんに説明した。

「…………」

彼は、ぼくらの話をだまってきいている。そして、そのあと、しばらく考えてからいった。

「話はわかった。ゲームマスターの立場としてはなにもいえないが、プレイヤーの安全を守ることは、あらためて約束する」

断言する神宮寺さん。

「寝るまえにホットミルクを飲むのなら、ダイニングに用意してある。——じゃあ、おれはちょっと村のようすを見てくる」

片手をあげて、神宮寺さんは村への道を歩いていった。

ロープをのぼろうとしたぼくを、創也がとめる。

「部屋にもどるのは、すこし待ちたまえ」

どうしてだ？　ぼくは、はやくシャワーを浴びて、ねむりたいんだけどな……。

不満顔のぼくに、創也がいう。

「神宮寺さん、ここでなにをしてたんだと思う？」

「なにって……夜の散歩かな？」

ぼくの答えに、創也は大きなため息をついた。

「神宮寺さんは、ぼくらを待ってたんだよ。ぼくらに〝イベント〟があるのを伝えたかったんだ」

イベント――ゲーム進行中にゲーム世界でおこる出来事のことだ。

「さっき、ホットミルクをダイニングに用意したっていっただろ。つまり、ダイニングにいけばイベントがおこるってことを伝えたかったのさ」

「………」

ぼくは考える。

ＲＰＧ（ロールプレイングゲーム）でイベントがおこるのは楽しみだ。一つも、のがしたくない。

でも、いまは、夜道の鬼（おに）ごっこや農具小屋からの脱出（だっしゅつ）で疲（つか）れている。（そのあと、草刈（くさか）りもがんばったしね）

ぼくは、「今日のところはおとなしくねむって、あしたのために体力をたくわえようじゃないか」といおうとした。でも、そのまえに、

「なにがおこるか楽しみだね」

創也が、ペンションの玄関にむかって歩きだす。

「………」

しかたなく、ぼくはそのあとを追う。

玄関とホールの電気は消えていた。

手探りでダイニングのほうへ歩く。

ダイニングのドアをあけると、暗い部屋の中で、九本のろうそくが燃えていた。

電気のスイッチをつける。

ろうそくは、テーブルの上のキャンドルスタンドのものだった。

テーブルには、ミルクの入ったコップが二つ。それに、クロワッサンののった皿と、ハムが一枚のった皿。ナイフとフォークが二組。

ほかにはなにもない。夕食のときにあったいすも、かたづけられている。

あらためてダイニングを見まわしても、じつに殺風景な部屋だ。

かべに絵の一枚くらいかけてもいいと思うんだけどな。

ぼくは、ミルクの入ったコップを持つ。

「ほんとにイベントがあるのかな……」

つづいて、クロワッサンに手をのばす。

うん、なかなかおいしい。

「創也、食べないのか？」

「…………」

創也は、だまって、なにか考えている。

ということは、彼のぶんのクロワッサンも食べていいということだろう。

「おかしいと思わないか？」

創也がボソッといった。

「あまりに殺風景だ。ここまで栗井栄太は、『IN塀戸』の舞台を、じつにリアルに現実世界に出現させている。なのに、どうしてこのダイニングは、こうも殺風景なんだ？」

「ほかにお金を使いすぎて、調度品にまで手がまわらなかったんじゃないか？」

ぼくのすてきな考えは、創也によって黙殺(もくさつ)された。

まあ、好きなだけ考えていてくれ。

二個めのクロワッサンに手をのばしたとき、ダイニングの電気が消えた。

なんだ？

ろうそくの炎(ほのお)がゆれた。

ドアのところに黒ずくめの人影(ひとかげ)。——こいつが、X……？

ろうそくのあかりしかない闇(やみ)。そこに溶(と)けこむような黒ずくめの衣装(いしょう)。どれくらいの身長かもわかりにくい。

「………」

Xは、なにもいわずにぼくらを見ている。

黒頭巾(くろずきん)で、表情が読めない。

「こいつがXなのか？　歌舞伎(かぶき)の黒衣(くろこ)みたいだけど……」

小声で創也にきくと、

「『くろこ』ではなく、正確には『くろご』とよぶんだよ。黒衣には色ちがいの装束(しょうぞく)があってね、海や水辺の場面には青装束で浪衣(なみご)とか水衣(みずご)、雪の場面には白装束の雪衣(ゆきご)となるんだ」

こだわるのは、そっちか！　この状況では、まったく必要のない知識だ。（――っていうか、おそらく死ぬまで必要のない知識だ）

黒頭巾で、Xがどこを見てるかわからない。表情のわからない敵を相手にするのは、こんなにもやりにくいのか……。

とにかく、使えそうな武器は――。

ぼくと創也の背後にはテーブル。

Xから視線をはずさないまま、テーブルの上になにがのってるかを思いだす。

たしか、キャンドルスタンドがおいてあった。ろうそくは、まだ燃えている。でも、山の獣なら火で追いはらえるけど、目の前のXが火をこわがるとは思えない。

そのとき、テーブルの上をまさぐっていた手に、なにかがふれた。

フォークだ。

ぼくは、手を動かしてるのをさとられないよう、慎重にフォークをつかむ。

黒頭巾のむこうからXの声がした。ヘリウムガスを吸ったような、甲高いキンキンした声だ。

「ムダナ抵抗ハシナイホウガイイ。キミタチデハ、ワタシニ勝ツコトハデキナイ」

余裕にあふれたことば。

創也がXに一礼する。

「いろいろききたいことがあるんですが、教えてくださいますか？」

ぼくは小声で創也にいう。

「礼儀を守ってる場合か？」

「いかなるときも、礼節をわすれてはいけないと思うんだ。とくに相手が地球外生命体の場合、ひとりの無礼な行いが、地球全体の損失につながるかもしれない」

なるほど、創也のいうことも、もっともだ。でも、創也は気づかないんだろうな。Xの全身から非友好的なオーラがでまくっているのを……。

「あなたは本物の地球外生命体なのですか？　いまの姿は地球人に寄生しているのでしょうか？　さっき農具小屋に火をつけたのは、あなたですか？　だったら、あやまってほしいですね。あやうく、ぼくらは焼け死ぬところでした」

「……………」

Xの返事はない。

ぼくは、いつでも投げられるようにフォークを持つ。

Xが、黒い柔道着のような服のふところから、携帯電話のような機械をだした。

その機械を、まるで拳銃のように、ぼくらにむける。
「ヨウヤク星ニ帰レル。ジャマスルナ」
ヤバイ！
フォークを投げようとふりかぶった瞬間、機械が光った。
あまりのまぶしさに、ふりあげた手からフォークが落ちる。
しかし――。
フォークは床に落ちなかった。空中で、い、い、静止している。
どうして……。
キャンドルスタンドのろうそくも消えた。
い、い、完全な闇。
「ワレワレハ重力ヲ制御デキル」
闇の中にXの声がひびく。
ちょ……待ってよ！　重力を制御って……これ、R・R P Gじゃなかったの？
本物の宇宙人相手に、地球人が勝てるわけないじゃないか！
そしてつぎの瞬間、ぼくと創也は、ごろごろと部屋の中をころがった。

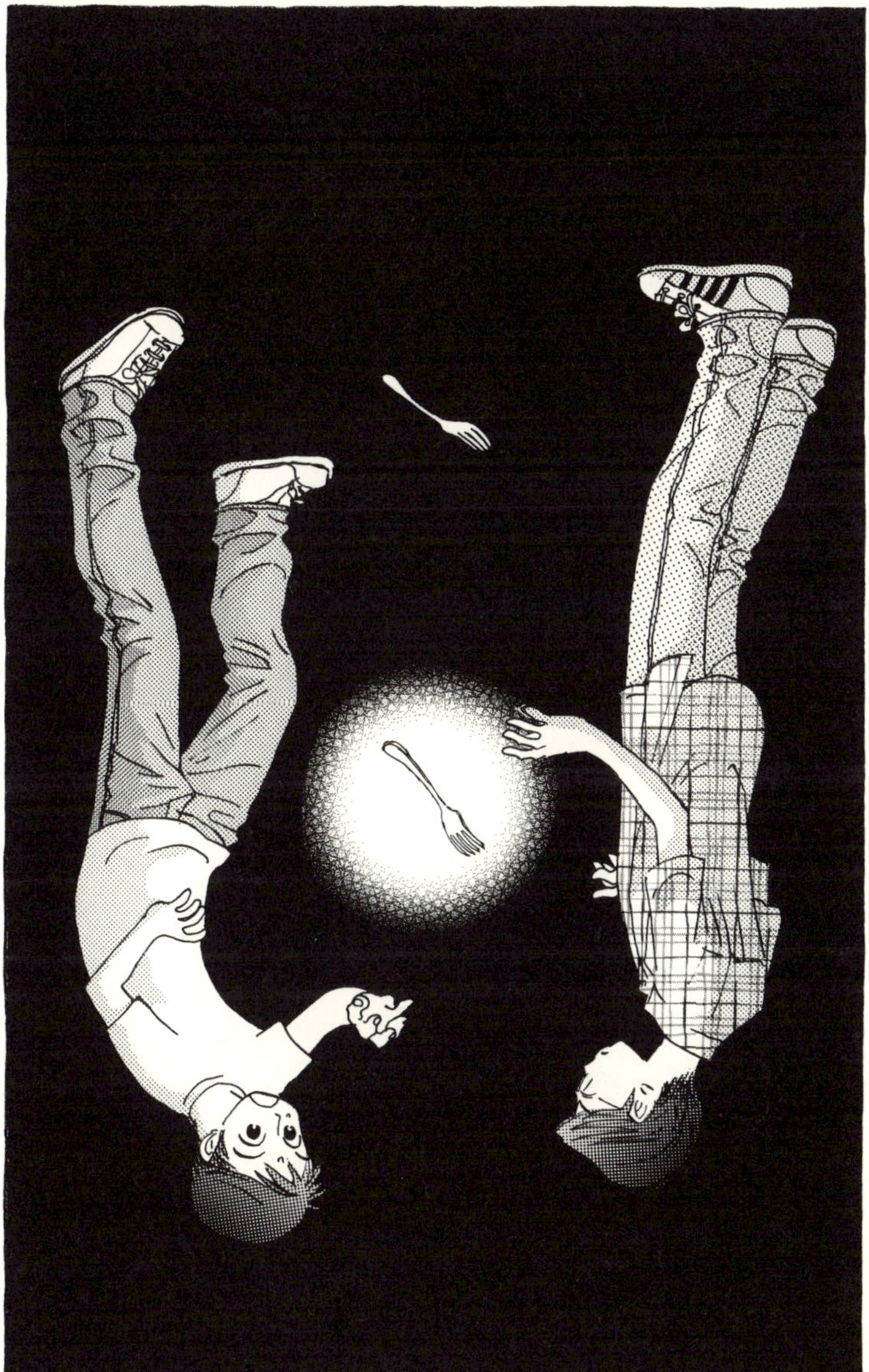

テーブルの脚やかべにぶつかりながら、パチンコの玉は、つらくきびしい人生を送ってるんだなと思った。

創也がどうなってるか気になった。きっと、乾燥機の中のバスタオルみたいになってるんだろう。

でも、おぼえてるのはここまで――。

ぼくらは気を失った。

05

「……内藤くん、起きて」

夢をみていた。

とってもいい夢だ。堀越美晴と結婚したぼくが、朝、彼女に起こしてもらうというものだ。

「起きて、内藤くん」

ぼくは目をあける。

目前に堀越美晴の顔。

「わぎゃあー！」

ぼくは思わずさけんでしまった。

びっくりしてあとずさりする堀越美晴。

「えーっと……」

現状を把握するのに二秒ほどかかった。

ここはペンション『マロン』のダイニング。ぼくと創也は、Xに攻撃されて気を失ったらしい。

あたりを見ると、窓から朝日が入ってきている。夜が明けたんだ。

創也が、テーブルに、みそ汁の入ったなべをおく。

「まったく、きみは失礼な男だね。せっかく起こしてくれた堀越くんを見て、叫び声をあげるなんて」

かいがいしく働く創也。

「ほら、気がついたのなら、ぼくのように朝食の準備を手伝いたまえ」

「…………」

ぼくは立ちあがると、創也のそばにいく。

「ゆうべのこと——Xは夢じゃないよな？」

小声できくと、創也はうなずいた。

「夢だと思いたいけどね……」

そういう創也の顔は真剣だ。

「重力をコントロールするなんて、いまの地球の科学じゃむりだ」

「…………」

「Xが重力をコントロールしたとき、ろうそくが消えただろ。あれが無重力状態になった証拠だよ」

首をひねるぼくに、創也が説明してくれる。

「小学校で空気の対流を習っただろ。しかし、無重力状態では対流はおこらない。対流がおこらなければ、新しい酸素は供給されない。つまり、火が消えるということさ」

ゾワッと首すじの毛が逆立つ。

じゃあ、あのXは本物の宇宙人……。

いやいやいや！　ぼくはみとめないぞ。

「やっぱりあれは夢だったんだよ。農具小屋の火事で気が高ぶってたから、ふたりそろって不思議な夢を見たのさ」

パニックをおこしかけてるぼくの頭からは、ふたりそろって同じ夢をみるはずがないという、かんたんな常識がぬけ落ちている。

創也は、悲しそうに首を横にふる。

「現実をみとめたまえ」

創也が、ぼくの手足をゆびさす。

ところどころに青あざができている。気を失うまえ、かべやテーブルにぶつけたからだろう。

「夢では青あざはできないよ」

「…………」

あれが現実。

ぼくは、まだ信じられない。

「創也はどう思ってるんだ？　Xは本物の宇宙人なのか？」

すると創也は、

「矛盾する」

と答えた。

……よくわからない答えだ。

考えこんでしまったぼくらに、堀越美晴がいう。

「わたし、厨房へ料理をとりにいってくるね」

「はーい！」

ぼくは元気に答えた。

堀越美晴の声を聞くと、元気になる。宇宙人とか無重力とか、ややこしいことがみんなふっとんでしまう。それに、目ざめる直前の夢のことを思うと、しぜんに顔がニヤけてくる。

「ヘラヘラしてないで、くばりたまえ」

みそ汁の入った椀を、ぼくにつきだす創也。

ぼくはおとなしく、いわれたままにする。いまのぼくは、どんなむちゃなことをいわれても、笑顔でできるだろう。

みそ汁をくばりながら、創也にきく。

「創也は、いつ気がついたんだ?」

「きみが目をさます一時間くらいまえかな。朝食の手伝いに早起きした堀越くんに、起こされたんだ」

「ふーん……」

このとき、ぼくのふくらんだ気持ちに、針のようなものがツンツンとあたった。

ぼくは気になったことをきく。

「どうして、すぐにぼくを起こさなかったんだい?」

「ぼくは堀越くんにいったよ。『内人くんも起こそう』って。すると彼女が、『もうすこし休ませてあげましょうよ』っていうんだ。やさしいね、彼女は」

「………」

ぼくは考える。

堀越美晴は、ぼくのことを気遣って起こさなかったのだろうか？　ほんとは、創也とふたりですごす時間をつくるため、ぼくを気絶させたままにしておいたんじゃないだろうか？

そう気づいた瞬間、ぼくのふくらんでいた気持ちが、バンと破裂した。

プッスン、シナシナシナ～。

しぼんだぼくの気持ちは、ペッタンコになってしまった。

「やあ、目がさめたようだね」

お釜を持った柳川さんが、ダイニングに入ってきた。そのうしろには、目玉焼きの皿を持った堀越美晴。

「しかし、いくら若いからといって、こんなところで寝てるのは感心しないね。今夜は、ちゃんと部屋で寝るんだよ」

柳川さんのことばに創也が、「はーい」と返事をした。

いまの返事。Xとのことを話す気はなさそうだ。

創也につづいて、厨房（ちゅうぼう）へ調味料と小皿をとりにいく。

厨房の中は、ピカピカにみがきあげられている。ステンレスのシンクは鏡のようだ。柳川さんが、きちんと管理してるんだろう
すみを見ると、「コーンスターチ」と書かれた袋（ふくろ）が積んであった。コーンスターチ？

ぼくの頭の中で、ロシア人のコーンスターチさんが、コサックダンスを踊（おど）りだす。

ダイニングのテーブルに小皿をならべていると、

「ああ、やはり日本人としては、こういう朝食がうれしいですな」

起きてきた堀越ディレクターが、料理を見ていった。

アジの開き、焼きのり、目玉焼き、のりの佃煮（つくだに）、みそ汁（しる）、つけもの、そして炊（た）きたての白いごはん。

「お釜（かま）で炊いたごはんなんて、何十年ぶりかな……」

うれしそうな堀越ディレクター。

「ぼくはトーストのほうがよかったな」

「……ねむい」

こういったのは、ジュリアスと鷲尾麗亜さんだ。

「ウイロウ——じゃなくて、オーナー。わたし、おみそ汁だけでいいから。……眠気と吐き気で死にそうよ」

口もとをおさえる麗亜さん。

さっきまでのさわやかな朝の空気を、一瞬で淀んだものにかえるとは、さすが麗亜さん。

「姫、部屋に帰ってから、ずっと飲んでるんだもん。二日酔いになって当然だよ」

ジュリアスの冷たいことば。

「姫じゃない。お姉さまとおよび！」

大声をだした麗亜さんは、青い顔をしてトイレにいった。

そんなようすを見ていると、いまが『IN塀戸』のプレイ中だということをわすれてしまいそうだ。

ぼくは、堀越ディレクターと柳川さんにきく。

「そういや、きのうの爆発は、なんだったんです？」

「うーん、なんだときかれてもなあ……」

返事にこまる堀越ディレクター。

「なにか飛行物体が落ちたのはたしかなんだ。でも、それがなにか、わからない。プロペラも翼も現場に落ちてなかった。つまり、ヘリコプターでもないし、飛行機でもない」

「搭乗者(とうじょうしゃ)がいなかったから、さいわいですよ」

柳川さんが口をはさむ。

「それもそうですね」

笑いあうふたり。

ふたりとも、あえて「空飛ぶ円盤(えんばん)」ということばをさけてるようだ。

「プロペラも翼もない飛行物体って、人工衛星なんじゃない？」

トイレからもどってきた麗亜さんがいった。すこし顔色がよくなっている。

「おお、人工衛星！」

「それが正解でしょう！」

そして、大人三人は笑いあった。どうも、この場にいる大人は、空飛ぶ円盤の存在をみとめたくないようだ。

だから、ジュリアスが、

「落ちたの、空飛ぶ円盤じゃない？」

といったら、三人の笑いが固まった。

「いいなあ、子どもは夢があって――」

「いや、現代ではめずらしい純粋(じゅんすい)な少年だ」

「いいでしょ。わたしの弟よ」

――これでわかった。この三人は、空飛ぶ円盤(えんばん)も宇宙人も、みとめる気がないんだ。

しかし……。

ぼくは考える。

きのうの円盤に乗っていた宇宙人が、すでにだれかに寄生しているとしたら……。できるだけ宇宙人の話題をさけて、自分の正体を知られないようにするだろう。

ぼくは、柳川さんと堀越ディレクターを見る。このふたりは、きのう、墜落(ついらく)現場にいた。

あやしい……。

つづいて創也を見る。いったい創也は、だれをあやしいと考えてるんだろう?

するど、創也はおなかをおさえて、むじゃきにいった。

「おなかすいたなあ~。はやく朝ごはんを食べましょう」

「……ああ、そうだな。じゃあ、みなさん、席についてください。せっかくのみそ汁(しる)がさめてしまいます」

柳川さんがいった。

みんな、席につく。

そのとき、ぼくは、ふと思った。

もし宇宙人が寄生しようとしたら、いったいどういう方法をとるか？　――地球人の体内に入るのがてっとりばやい。

さて、どうやって体内に入るか？

ぼくは、目の前にならんだ料理を見る。たくさんの、おいしそうな料理。料理が得意なオーナーがつくった料理。

もし、この料理になにかが入っていたとしたら……。それを口にすることで、なにかを体内にいれてしまったら……。

手をあわせた柳川さんがいう。

「では、いただきます」

その口もとが、ニュッと笑ったように見えた。

「あー！」

ぼくは、さけぶと同時に立ちあがった。

みんなの目が、いっせいにぼくを見る。

「あっと……えー、その……」

ぼくは口ごもる。

いったい、なんていったらいいのか？

「ああ、そういえば、内人くんはおなかが痛いっていってたね」

創也が早口でいう。

「一食ぬけば、よくなるかもしれないね。いや、安心したまえ。きみだけにひもじい思いはさせないよ。ぼくもつきあおうじゃないか。しかし、おいしい食事を目の前にしてがまんするのは、かなりきびしいね。よし、ふたりで散歩してこよう。——というわけで、ちょっとでかけてきます」

ぼくの手をとり、ダイニングからでようとする創也。

「えっ、おい……ちょ、待てよ」

わけがわからないぼく。

「ほんとうに食べなくていいのかい？　この料理は、すべておれがつくったもので、そこの料理研究家は、いっさい手出ししてないぞ」

柳川さんが、ぼくらをとめる。

「どういう意味かしら？」

アジの開きをほぐしながら、料理研究家——鷲尾麗亜さんがきいた。こわいことに、その目が笑ってない。ズゾゾゾゾとみそ汁(しる)をすする。

「……いや、失言でした」

柳川さんがうつむく。

そのすきに、創也がみんなにいう。

「じゃあ、ぼくらはこのへんで。アディオス！」

ぼくは創也に背中をおされ、ころがるようにダイニングをでた。


「なんだよ！　なんで、急に外へおしだしたんだよ！」

ペンションの外にでたぼくは、創也にきく。

すると、創也はぎゃくにきいてきた。

「ぼくのほうこそ教えてほしいね。さっき、どうして急に大声をだしたんだい？」

ぼくは大いそぎで、さっき考えていたこと——宇宙人が料理になにかをいれたんじゃないかってことを話した。

「わかったか？　もしあの料理になにか入っていたとしたら、堀越美晴たちは、宇宙人に体を乗っ取られるかもしれないんだぞ」

「いれたとして、だれが？」

「ゆうべ、墜落(ついらく)現場にいて、なおかつ料理をつくった人間——柳川さんじゃないかと思う」

「ふむ……」

あごに手をあてて考える創也。

のんびりしてる場合じゃないって！

「もどるぞ。まだまにあうかもしれない」

「むだだ」

あっさり創也がいった。

「いまもどったら、ぼくらが柳川さんを疑ってることを知られてしまう。すると、つぎにねらわれるのはぼくたちだ。そんな危険はおかしたくない。それに、料理になにか入っていたとしたら、すでに食べたあとだろう。——もどっても、なにもいいことはない」

くるりと背中をむけた創也は、村への道を歩きはじめる。

「……ずいぶん冷たいんじゃないか」

ぼくは、頭のうしろで手を組む。

「いや、おまえはそういう性格だったな。冷酷非情で、血もなみだもないやつだもんな」

「ひどいいわれようだけど――」

ふりかえる創也。

「わすれないでくれよ、これはゲームだ。現実世界じゃない。神宮寺さん――ゲームマスターがいってただろ。命の危険はないって。ぼくだって、現実の危険がみんなにせまっていたら、すぐに助けるさ」

「…………」

ぼくは創也の目を見る。

「……わかったよ」

納得したふりをする。でも、違和感は残る。

創也はゲームオタクだ。ゲームに関しては、いつだって真剣だ。

その創也が、「これはゲームだ。現実世界じゃない」というなんて……。

ぼくの前を歩く創也。

その背中を見ていると、なんだか知らないやつのように思えてきた。

「で、どこへいくんだ?」

ぼくはきいた。

「亜久亜さんのところにいこうと思ってる」

ふりむかず、創也が答える。

「堀越美晴が知ったら、泣くだろうな」

すると、創也はふりむいた。

「べつに他意はないよ。きみのおかげで朝食をとれなかったからね。亜久亜さんのところで食べさせてもらおうと思うんだ」

「亜久亜さんのところじゃなくてもいいんじゃないか?」

創也が指をチッチッチッとふった。

「村にいるのは、亜久亜さんと、『廃墟愛好者(はいきょ)』の金田さん、『UFO(ユーエフオー)研究家』の森脇さんの三人だ。さあ、きみならだれのところへいって食事する?」

ぼくは考える。

金田さんのところへいったら、廃屋(はいおく)で食べることになる。森脇さんのところならテントだ。ふたりの料理の腕前も不明だ。もちろん、亜久亜さんがどれくらい料理上手かは知らない。

ぼくは心の中で、天秤の片方に亜久亜さん、もう一方に森脇さんと金田さんをのせる。天秤は、あっというまに亜久亜さんのほうにかたむく。

「亜久亜さんのところへいくよ」

ぼくの答えに、創也はうなずいた。

「That's right. わかったら、だまってついてきたまえ」

そういうと、創也はぼくに背をむけた。

亜久亜さんは、神社の石段を掃きそうじしていた。

「おはようございます」

ぼくらがあいさつすると、巫女装束の亜久亜さんは、ていねいに頭をさげた。

「おはようございます。おふたりとも、ずいぶん早いんですね」

「いや、じつは朝ごはんを食べてな――」

説明しようとするぼくの前に、創也が立ちはだかる。

「亜久亜さんは、もう朝食をすまされたんですか？」

「ええ」

「そうですか」

創也は、それ以上、ごはんについてなにもいわない。

はやくいえよと、ひじでつつくぼくに、創也が小声でいう。

「彼女(かのじょ)がまだ食事をとってないのなら、『ぼくらもいっしょに食べさせてください』と、いいやすいよ。でも、もう彼女は食べおわってるんだ。図々(ずうずう)しく、ぼくらだけ食べさせてくれとはいえないだろ。がまんしたまえ」

「…………」

そんなふうにいわれたら、なにもいえないじゃないか。（おなかの虫はグゥグゥいってるけどね……）

「きのう、爆発(ばくはつ)があったことは、ごぞんじですか？」

創也がきいた。話題は完全に朝食からはずれている。

「ええ。すごい音と震動(しんどう)でしたから。でも、風神の屏風(びょうぶ)の方角なので、わたしはいきませんでした」

「どうしてですか？」

「幼いときから、屏風岩へいってはいけないといわれてましたから」

「たしかに、危険な場所ですもんね」

ぼくは口をはさんだ。でないと、創也と亜久亜さんが、ふたりっきりの世界に入ってしまうからだ。

「あなたたち、いったんですか?」

おどろく亜久亜さんに、ぼくらはうなずいた。

「あぶなくなかったですか?」

「ええ。なにか飛行物体が落ちていて、四人の人がいました」

「爆発は、その飛行物体が落ちたことが原因だったのでしょうか?」

「おそらく——」

「なにが落ちてきたんでしょう?」

「……さあ?」

こまった顔になる創也。

「亜久亜さんは、空飛ぶ円盤を信じますか?」

創也の問いに、目を伏せて首を横にふる亜久亜さん。

「でも、いてくれたらいいなとは思います」

亜久亜さんがほほえんだ。とてもさびしい笑顔だ。

ぼくは想像する。

いまは、栗井栄太をはじめ、ぼくらがいる。でも、ゲームがおわったら、亜久亜さんはひとりだ。

たったひとりで、この塀戸村に住みつづけるんだ。

「さびしくないですか?」

ぼくがきくと、なにもいわず、亜久亜さんが口もとに手をあてた。

「で、これからどこへいく?」

亜久亜さんと別れてから、創也にきいた。

ぼくは、背中に風呂敷包みを背負っている。中には、亜久亜さんがいそいでつくってくれたおにぎりや、紙パックのお茶、蚊とり線香などが入っている。

「墜落現場だ」

創也が答える。

「すでに森脇さんのところには、いってる。金田さんが泊まってる廃屋は、どこにあるかわからない。立ちどまってたら、ゲームは進まないよ」

そして、地図をとりだす創也。

「いまは墜落現場にいくのが正解だろう」


夜とちがって、昼間の森は歩きやすい。（なのに創也があちこちぶつかってるのは、なぜ？）

崖までできたぼくらは、ゆうべと同じ位置から風神の屛風を見おろす。

飛行物体の残骸は、まっ黒い燃えかすになっていた。

そこからすこしはなれた場所に、黒々とした裂けめがある。

崖下へのいい道は、なかなか見つからない。さて、どうやっておりるか。

まわりを見まわすと、たくさんのツタが木にからみついている。


そのとき、頭の中に脳内アシスタントのナオコさんがやってきた。

「先生、今日はいったいなにを？」

「今日は、たくさんツタが手に入ったので、それを使ってみたいと思います」

ぼくは、集めてきたツタをナオコさんに見せる。

「まあ、新鮮（しんせん）な材料ですね」

「このまま使ってもいいですが、今日はすこし本格的に調理してみましょう」

ぼくは、ナイフをだしてツタの皮をはぎ、繊維（せんい）をとる。木の枝にひっかけ、それぞれのはしを、ぼくとナオコさんが持つ。

「じゃあ、右方向にねじってください」

ナオコさんにいう。

そして、自分も右側にねじる。

「これで、枝にかけたところをはずすと、くるくるとよりあわされます」

ぼくにつづいて、ナオコさんがすかさずいう。

「太いロープが必要なときは、一度よりあわせたロープを、さらによりあわせていってください」

「なにをしてるんだ?」

ブツブツいいながらロープをつくっているぼくに、創也がきいてきた。

創也の登場に、ナオコさんはあわててにげていった。

ぼくは、できたロープを見せる。

「ほら、これを使えば、かんたんにおりられるだろ」

「……タケコプターはないのかい?」

「…………」

ぜいたくをいう創也は、無視。

ぼくらは、崖下(がけした)におりて、約十五メートル上方の亀裂(きれつ)がある場所を見上げる。

足もとには、ひとかかえもありそうな岩がゴロゴロしている。この岩が亀裂をふさいでいたんだろう。

「——内人くん、なにをしてるんだ?」

ロープの先に木の枝を結び、投げようとしてるぼくに、創也がきいた。

「見たらわかるだろ。ロープでも使わなきゃ、あんな上までのぼれないじゃないか」

するとし創也は、首をひねる。

「きみも、見たらわかるだろ。べつにロープがなくても、この道をいけばいいんじゃないか？」

創也がゆびさした先を見る。岩のかべのところどころに、でっぱりがつくられていて、道のようになっている。

「…………」

ぼくは、無用になった手の中のツタを見る。

「『IN塀戸(インVADE)』は、ずいぶんお子さまレベルだな。こんな、いたれりつくせりの道が用意されてたら、おもしろくないじゃないか」

創也が肩(かた)をすくめる。

「万人(ばんにん)を自分のレベルではかるのは、やめたほうがいい。ほとんどすべての人間は、道を用意されてなかったら、のぼれないだろうね」

ぼくらは、用意された道をのぼり、亀裂(きれつ)にむかった。念のために、ツタ製のロープも持っていく。

幅(はば)約一メートル、高さ三メートルくらいの裂(さ)けめ。中をのぞきこむと、まっ暗だ。

「どこに電気のスイッチがあるんだい？」

ぼくがきくと、創也はフンと鼻を鳴らした。

「そこまで、栗井栄太も用意してないさ」

「じゃあ、懐中電灯は？」

「持ってきてない」

はい、そうでしょうね。

ぼくは、風呂敷包みをほどいて、紙パックのお茶をだした。おにぎりも食べる。

このあと、亀裂の中に入ったら、なにがおこるかわからない。食べられるうちに食べないとね。

ふたりでお茶を分けて飲む。

そのあと、からになった紙パックをひらき、中の水気をふきとる。

ひろってきた木の棒の先を、たたんだ紙パックではさむ。その上をツタでまく。これで、簡易松明の完成。

ぼくが松明をつくるようすを見ていた創也は、ため息をつきながらいう。

「『IN塀戸』の反省会があったら、ちゃんと照明をつけるようにいっておくよ。世の中、ありあわせの材料で松明をつくれる人間なんて、そうそういないだろうからね」

ぼくは、創也を無視して、松明に火をつけようとする。

「あれ？」

風呂敷包みの中を見ても、マッチが入ってない。亜久亜さん、蚊とり線香はいれてくれたけど、マッチをわすれてる。

「マッチを貸してくれ。なければライターでもいい」

創也にむけて手をのばすと、彼は首を横にふった。

「あいにく、喫煙の習慣はないんだ。きみこそ、持ってないのかい？」

「ペンションに泊まるって聞いてたからね。野宿するんだったら持ってきたんだけど……」

まいったな。いまから火をおこしてたら時間がかかる。

そのとき、シャツの胸ポケットに手をいれていた創也が、じつに奇妙な顔をした。

「どうしたんだ？」

「………」

ぼくの質問に、創也はだまって手をだした。

ひらいた彼の手の中に、紙で包まれた長細いもの。……なんだ、これ？

創也が紙をほどくと、中から百円ライターがあらわれた。包んでいた紙には、たったひとこと、

「こんなこともあろうかと思って用意しておいて、よかったわ」と書かれていた。

「……これ、真田女史の字だね」

ぼくがいうと、創也がうなずいた。

「この服は、先週の社会見学のときに着ていたものだ。彼女はそのときから、ライターが必要になるって予測してたんだろうか……」

おそるべし、真田女史！

中に入ると、亀裂の中は広かった。

ふたりがならんで歩けるくらいの道が、ななめ下につづいている。

かべをさわってみると、冷たくぬれている。クーラーがよく効いた部屋に入ったみたいに涼しい。

「もともとは、しぜんにできた裂けめなんだろうね。それを栗井栄太が加工したんだろう」

冷静に分析している創也。

考えごとしながら歩いてると、すべるぞ。

そういおうとした矢先に、創也がコケた。まったく、こまったもんだ。

ぼくは落ちていた石をひろい、持っていたツタをたたく。十分やわらかくなったツタを、創也のくつの上から巻く。

これですべるような運動神経なら、めんどうみきれない。

「道にすべり止めをつけるよう、栗井栄太にいっとくよ。あと、足下灯もつけるように――」

創也が負けおしみをいう。

しばらく進むと、ちょっとした広場にでた。道が二つに分かれている。

創也にきく。

「右と左、どっち?」

「右」

「よし、左にいこう」

「…………」

なにかいいたげな創也を無視して、ぼくは左の道を進む。ぼくが松明(たいまつ)を持ってるから、創也はついてくるしかない。

でも、五分も進まないうちに、道は行き止まりになった。

創也を見ると、ニヤニヤしている。

「きみがえらんだ道、行き止まりだったね」

「ふん！」

ひきかえそうとして、まわれ右。松明の炎がゆれる。そのとき——。

あれ？

岩のかべがチラッと光った。松明の炎があたったからじゃない。

ぼくは、足でふんで松明を消す。

「わっ、なにするんだ！」

とつぜんの暗闇に、創也が悲鳴をあげる。

「シッ！」

創也の口を手でふさぎ、目をつぶるようにいう。

「もわもふぁま？」

ぼくの手の下で、創也がいった。「なんなんだ？」といいたいんだろう。

闇に目がなれたころ、ぼくは創也の口から手をはなし、目をあけた。

「どうしたんだい。なにも見えるはずないじゃないか」

創也が文句をいう。

けど、創也のいったことはまちがってる。よく見ると、岩と岩のあいだから光が見える。緑色の光だ。

ぼくは、そのすきまに目をあてる。

「！」

「どうしたんだい？」

固まってしまったぼくに、創也がきく。

でも、答えられない。答えられるわけがない。

創也が、ぼくの頭の上に自分の頭をのせる。

すきまをのぞきこんだ創也も固まる。

ぼくと同じものを見たんだろう。

ぼくらが見たもの、それは——。

空飛ぶ円盤の製造工場だった。


〈つづく〉

内「……なんか、すごいシーンでおわってるような気がするんだけど」
創「それだけじゃない。マロンで体験した、あの無重力状態……」
内「作者は、ちゃんと解決できるのかな？」
創「ひょっとすると、『すべては本物の宇宙人のしわざだった！』というオチかもしれない」
内「そんなバカな……」
　そういう内人のほおを、冷たい汗が流れる。
　創也が内人の肩をポンとたたく。
創「冗談だよ、安心したまえ。はやみねかおるも推理作家のはしくれ。推理作家は、どんな大風呂敷をひろげても、最後はちゃんと解決するものだよ」
内「でも、この作者は、『内人』が『トム』だという証明も、読者にたよっていたよ」
創「…………」
　そのとき、ふたりのところへ、鼻歌まじりの作者がやってくる。
　ふたりにむかって大きく風呂敷をひろげる作者。
　そして、ひろげた風呂敷にこまごましたもの——お気に入りの推理小説や携帯型MP3プレイヤー、ノートと鉛筆、老眼鏡などをおき、ていねいに包みはじめる。

内「よかった。ちゃんと、ひろげた風呂敷をかたづける気持ちはあるみたいだね」

ホッとする内人。冷静な目で見つめる創也。

風呂敷をかつぐ作者。そのまま、脱兎のごとくダッシュ！

創「ちがう！　あれは夜逃げするつもりなんだ！」

創也が「卓也さん！」とさけぶ。

つぎの瞬間、卓也さんに拉致されてジタバタする作者。

作「見のがしてくれよぉ〜！」

☆

——というわけで、はやみねかおるです。

『都会のトム&ソーヤ⑤　IN塀戸』上巻、いかがだったでしょうか？　内人と創也みたいに、ちゃんと解決できるかどうか、不安になってはいないでしょうか？

読者のみなさま、ご安心ください。

ぼくも、推理作家のはしくれです。（あくまでも、はしくれですが——）

ひろげた風呂敷を、ちゃんとたたむだけの覚悟はあります。

☆

今回、『IN塀戸』の舞台は山の中です。ここを舞台にするのは、ずいぶんまよいました。自然の中では、内人は無敵です。そこらにいるようなありきたりの相手では、負ける要素が見あたりません。

というわけで、内人と創也には、宇宙人の超科学文明を相手にしてもらうことにしました。

☆

ここまで読んでくださったかたには、わかっていただけると思いますが、この話は長くなります。いっき読みするには、かなりの体力と気力が必要になります。あと、下巻を買うだけの財力と――。（昔、タバコのパッケージに書いてあったことばを思いだします。「あなたの健康を損なうおそれがありますので、読みすぎに注意しましょう」）

なぜ、こんなに長くなったのか？

それは、神宮寺さんと姫のせいですね。

もともと『IN塀戸』は、郊外のペンションを舞台に、こぢんまりした話になる予定でした。内人と創也の冒険のあいだに、こっそり入ってるような短編――そうするつもりでした。

それをあのふたりが、

「おいおい、栗井栄太がそんな地味なゲームをつくるはずないじゃないか」

「とにかく派手にいきましょう！」

と、もりあげたために、こうなりました。苦情は、あのふたりにおねがいします。

読みきるのはたいへんでしょうが、最後までおつきあいくださいませ。

☆

すこしだけ自慢。

ぼくは、この長い話を、ちゃんと締め切り厳守で書きあげました。よく作家の人が出版記念パーティーというのをやってますが、ぼくは、『締め切り守って、えらかったね！』パーティーをやりたい気分です。

☆

さて、下巻では、いよいよ『IN堺戸』の実態があきらかになっていきます。

その実態を知ったとき、おどろいてもらえることを期待します。

そのときは、なぜ栗井栄太が〝伝説のゲームクリエイター〟とよばれるほどの偉大な存在なのか、理解していただけることでしょう。

☆

というわけで、『都会のトム＆ソーヤ⑤　IN堺戸』下巻でお会いしましょう！

下巻には、おまけのおまけとして、『彼女の卵は、ひび割れない』という話もついています。

では！

Good Night, And Have A Nice Dream.

はやみねかおる

三重県生まれ。『怪盗道化師（ピエロ）』で第30回講談社児童文学新人賞に入選し、同作品でデビュー。他の作品に『名探偵夢水清志郎事件ノート』シリーズ、『怪盗クイーン』シリーズ、『虹北商店街』シリーズ、『ぼくと未来屋の夏』（いずれも講談社）などがある。

画・にしけいこ

装丁・城所潤（Jun Kidokoro Design）

P82の地図は編集部作製
P93の図版・脇田明日香

YA! ENTERTAINMENT
都会（まち）のトム＆ソーヤ⑤
《ＩＮ塀戸（インベイド）》上巻
はやみねかおる

2007年7月25日　第1刷発行
2007年8月27日　第2刷発行

N.D.C.913　271p　20cm　ISBN978-4-06-269383-7

発行者　野間佐和子
発行所　株式会社講談社
〒112-8001
東京都文京区音羽2-12-21
電話　出版部 03-5395-3535
販売部 03-5395-3625
業務部 03-5395-3615
印刷所　豊国印刷株式会社
製本所　大口製本印刷株式会社
本文データ制作　講談社プリプレス制作部